벚꽃나무 아래

시체가 묻혀 있다

위북은 '함께'의 '가치'를 소중하게 생각합니다.
독자 여러분들의 소중한 의견이나 투고 원고는
we-book@daum.net으로 보내주시기 바랍니다.

벚꽃나무 아래 _ 시체가 묻혀 있다
© 위북, 2021

초판 1쇄 인쇄 2021년 4월 09일
초판 1쇄 발행 2021년 4월 16일

지은이 가지이 모토지로
옮긴이 이현욱 하진수 한진아
펴낸이 강용구
펴낸곳 위북(WeBook)
등록 2019. 10. 2 제2019-000271호
주소 서울시 마포구 양화로 127(서교동) 첨단빌딩 4층 432호
전화 02-6010-2580 **팩스** 02-6937-0953
전자우편 we-book@naver.com

ISBN 979-11-969867-9-7 (03830)
정가 14,000원

책을 만든 사람들
편집주간·기획 추지영 **책임 디자인** 디자인O2 **마케팅** PAGE ONE
홍보 김범식 **물류** 북앤더 **지원** 정현주 최영완 김태윤 김익수
제작총괄 안종태 **제작처** (주)한길프린테크

가지이 모토지로 단편선

이현욱 하진수 한진아 옮김

벚꽃나무 아래

시체가 묻혀 있다

위북

차례

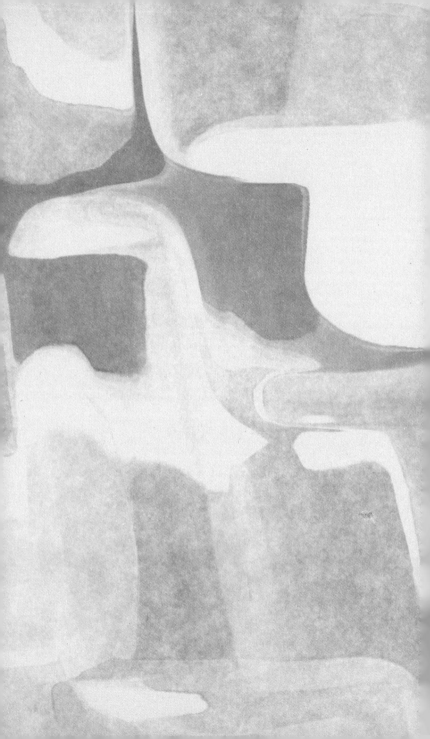

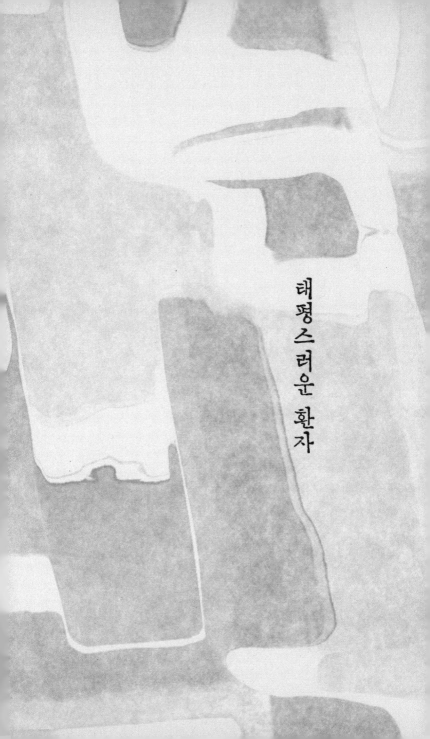

태평스러운 환자

1

　요시다는 폐가 나쁘다. 쌀쌀해지다 날이 조금 추워졌다 싶으면 바로 그다음 날부터 열이 오르고 심한 기침이 났다. 장기가 전부 쏠려 밖으로 쏟아질까 싶을 정도로 기침을 한다. 나흘 만에 살이 눈에 띄게 빠졌다. 기침은 잦아들었다. 그러나 다 나은 것은 아니고, 뱃가죽 근육에 불어넣을 힘조차 완전히 소진해버려서 기침조차 나오지 않는 것이다. 게다가 심장이 약해져서 한번 기침해서 호흡이 흐트러지면 다시 가라앉히기까지 아주 힘이 들었다. 기침이 줄어든 이유는 몸이 쇠약해져서 예전만큼 기력이 없기 때문이며, 호흡곤란이 점점 심해져 호흡이 매우 받아졌다는 게 그 증거다.

　병세가 이렇게 될 때까지 요시다는 단순한 독감이라 여

기고 '내일 아침엔 좀 나아지겠지' 하고 기대했다가 배신 당하였으며, 오늘은 의사를 만나볼까 생각하다가 헛되이 인내하기도 하였고, 계속 숨이 가빠 화장실에 다니는 등 본능적이고 수동적으로만 대처했다. 마침내 의사를 찾았을 무렵에는 이미 볼은 홀쭉해진 데다 꼼짝도 못 해서 2~3일 만에 욕창이 생겨날 정도로 쇠약해진 상태였다. 어떤 날에는 온종일 "이러면", "이러면" 같은 말을 했다. "불안해", "불안해" 하고 약한 소리를 내기도 했다. 그런 말은 늘 밤에 했는데, 어디서 오는지 알 수 없는 불안이 요시다의 지칠 대로 지친 신경을 억누를 수 없게 했다.

지금껏 한 번도 그런 경험을 해본 적이 없던 요시다는 우선 불안의 원인을 고민했다. 심장이 몹시 쇠약해진 탓일까, 이런 병에는 흔한 증상일까, 내가 신경이 과민해져서 고통을 괜히 불안하다고 느끼는 것일까. 요시다는 거의 꼼짝도 못 하고 몸이 딱딱하게 굳은 채 간신히 가슴으로 호흡하고 있었다. 그리고 지금 이 평형을 깨뜨리는 무언가가 갑자기 나타난다면 나는 어떻게 되는 건지 모르겠다고 생각했다. 요시다의 머릿속에는 지진이나 화재 같은 일생에 한 번 만날까 말까 하는 일까지 진지하게 맴돌고 있었다.

이 상태를 계속 유지하는 데 끊임없는 노력과 긴장이 필요했는데, 그 줄타기 같은 노력에 무언가 불안의 그림자가 드리워지면 요시다는 이내 깊은 고통에 빠질 수밖에 없었다. 그러나 아무리 생각해도 결정적인 지식이 없는 요시다로서는 그 문제를 해결할 수 없었다. 원인을 억측할 수도, 옳고 그름을 판단할 수도 없어서 결국 불안감에 따를 수밖에 없다면, 자신이 무엇을 하고 있는지 알 수 없는 것이 당연하다. 하지만 그 상태의 요시다에게 그런 체념이 생길 리 없으니 불안은 고통을 더해 갈 뿐이었다.

둘째, 요시다는 자신을 괴롭히는 불안을 잠재울 수단이 있다고 생각했다. 다른 사람에게 의사를 불러오게 하거나 제 곁에서 불침번을 서달라고 하는 것이었다. 그렇지만 모두가 하루 일을 마치고 이제 슬슬 자야 할 시간에, 누군가에게 반 리나 되는 시골길을 가야 나오는 의사를 불러달라는 말도, 예순을 넘긴 어머니에게 잠들지 말고 곁에 있어달라는 말도 꺼내기 어려웠다. 큰맘 먹고 부탁하려고 했다가도, 자신의 지금 상태를 모르는 어머니에게 알려도 괜찮을까 걱정이 되었다. 원래도 생각이 많은 모친인데 자신의 상태를 알려도 될까 싶었고, 또 의사를 불러

달라고 부탁했을 때 그 사람이 자신의 부탁을 꺼리면 어쩌나 싶었다. 요시다로서는 큰 산을 움직이는 것만큼이나 힘든 일이었다. 왜 불안이 엄습하는 걸까. 이에 대해 좀 더 자세히 말하면, 모든 사람이 깊이 잠들어 의사에게 가 달라고 부탁할 방도가 없거나, 어머니도 깊이 잠들어 황량한 밤중에 홀로 남겨진다면……. 만약 한밤중에 상상하던 일이 현실이 된다면 요시다는 도저히 견딜 자신이 없었다. 눈을 감은 채 '참느냐 부탁하느냐' 선택하는 것 이외에 아무런 해결 방안도 없다는 걸 막연히 알면서도, 비록 몸도 마음도 옴짝달싹 못 하는 상태임에도 그 미망(迷妄)을 떨칠 수 없어 발악할 수 없는 고통은 더욱더 커져만 갔다. 더는 괴로움을 참을 수 없게 되어서야 '이렇게 괴로워할 바에는 차라리 말해버리자'라고 결심하였지만, 그때는 이미 손도 발도 쓸 수 없게 된 듯하고, 곁에 앉아 있는 어머니가 자못 답답하고 태평해 보여, '나와 어머니의 거리가 이렇게 지척인데 왜 알아채지 못할까'라며 가슴속 고통을 움켜쥐어 그대로 상대에게 내동댕이치고 싶은 짜증이 일었다.

결국 "불안해", "불안해" 같은 가냘프고 미련 가득한 호소가 되어버리고 만다. 미련이라고는 하지만 밤중에 무슨 일이 터졌을 때 상대를 깜짝 놀라게 하는 데 도움이 될 거라는 절박한 속셈도 분명히 담겨 있다. 그렇게 해야만 잠들지 못하고 홀로 남겨진 밤을 겨우 견딜 수 있었다.

요시다는 몇 번이나 '기분 좋게 잘 수 있었으면……' 하고 바랐다. 엄습하는 불안도 그 밤에 잠들 수만 있으면 아무런 고통도 되지 않을 것이다. 다만 낮에도 밤에도 잠을 예측할 수 없다는 게 고통스러울 뿐이었다. 요시다는 마음이 가라앉을 때까지는 싫든 좋든 어쨌든 밤낮을 꼬박 보내야 했다. 잠은 고요하고 엷은 햇살처럼 이따금 자신을 찾아왔다가 사라지는 것으로, 자신의 손이 닿지 않는 것이었다. 온종일 간호하느라 지친 데다 잠잘 시간에 잠든 것뿐이라도 새근새근 자는 어머니의 얼굴이 요시다의 눈에는 좋아 보이기도 또 매정해 보이기도 했다. 그러나 결국 견디는 것만이 지금 자신이 해야 할 일이라고 생각하면서 다시 노력할 수밖에 없었다.

그러던 어느 날 밤의 일이었다. 요시다의 병실에 갑자기 고양이가 들어왔다. 그 고양이는 평소 요시다의 잠자리에 들어와 자는 습관이 있었는데, 요시다가 아프고 나서는 병실에 못 들어오게 하라고 큰 소리로 쫓아냈었다. 그런데 어떻게 들어온 건지, 느닷없이 야옹 하는 울음소리가 방에서 들려왔을 때 요시다는 불안과 울분에 사로잡히지 않을 수 없었다. 요시다는 옆방에서 자는 어머니를 깨우려다 그만두었다. 어머니는 독감에 걸려 이삼 일 전부터 몸져누워 있었다. 요시다는 자신도 자신이지만 당신을 위해서라도 간호사를 부르자고 제안했지만, 요시다의 어머니는 '나만 참으면 괜찮다'라며 거절했다. 요시다로서는 매우 고통스러운 생각을 고집하기에 다시 거론하지 않았다. 그런 상황에서 고양이 한 마리 때문에 어머니를 깨운다는 것은 불가능해 보였다. 요시다는 또 '이런 일이 있을 것 같아서 그렇게 신경질적으로 말했는데……' 하며 자신이 신경질적으로 행동하면서까지 치른 고통의 희생이 소용없게 빗나가 버린 데 울분이 들었다. 하지만 지금 짜증을 낸다고 조금도 이득 될 것이 없다. 꼼짝도 못 하는 처지로 고양이를 내보내는 일이 얼마나 끈기가 필요한 일인가를 생각해야 할 때다.

고양이는 언제나 요시다의 베개 쪽에 찾아들었는데, 이번에도 목 언저리의 이불에서 잠자리에 들려고 했다. 요시다는 고양이의 코가 차갑다는 것과 집 밖의 서리에 털이 젖었다는 것을 뺨으로 느꼈다. 그 즉시 고개를 돌려 이불의 틈을 막았다. 고양이는 대담하게도 베개 위로 올라와 다른 이불 틈으로 고개를 들이밀려고 했다. 요시다는 한 손을 천천히 올려 고양이의 코끝을 밀쳤다. 할 수 있는 신체 활동이 몇 없는 상태로는 극도로 감정을 억누른 채 이렇게 벌주는 것 말고는 아무것도 모르는 동물을 떠나보낼 방법이 없었다. 반복된 저지로 고양이를 거의 회의에 빠뜨림으로써 포기하게 하는 것이다. 간신히 성공하나 싶었더니, 방향을 바꿔 어슬렁어슬렁 요시다의 침상에 올라앉아 둥글게 몸을 말고 털을 핥기 시작했다. 그곳은 요시다도 어찌할 수 없는 장소다. 살얼음 밟는 듯한 요시다의 호흡이 갑자기 묵직해졌다. 요시다는 드디어 어머니를 깨워야 하나 싶을 정도로 억누르던 짜증이 들끓었다. 요시다는 참지 않을 수도 있었다. 그러나 참는 동안에는 비록 잤는지 안 잤는지 모를 잠이긴 했지만 잠들 가능성이 있었다. 참지 않는 순간, 잠들 가능성은 완전히 없어진다는 것을 생각해야 했다. 언제까지 견뎌야 하느냐는 전적으로 고양이에게 달려 있지, 언제 일어날지 모르는 엄마에게 달려 있다고 생각하지 않았다. 그렇게 생각하면 도저히 참을 수 없을 것 같았다. 어머니를 깨우려면 이런 감정을 억누르고 몇 번이나 불러야 할 텐데, 그 생각만으로도 요시다는 무척 귀찮아졌다. 얼마 전부터 제힘으로는 일으킬 수 없던 몸을 조금씩 일으켰다. 겨우 일어나 이부자리에 누워 있는 고양이를 덥석 잡았다. 그 정도의 움직임으로도 요시다의 몸에 물결처럼 불안이 엄습했다. 하지만 요시다는 어떻게 할 수 없었고, 그저 갑자기 들어온 고양이에게 "다시는 힘들게 하지 마"라고 말하고 방구석으로 던졌다. 그리고 침상 위에서 책상다리를 하고 그다음에 온 무서운 호흡곤란에 몸을 맡겼다.

~ 2 ~

요시다는 점점 그런 고통도 어느 정도 견딜 수 있게 됐다. 겨우 잠다운 잠을 잘 수 있게 되었고, '이번에는 꽤 심했지'라고 생각할 정도가 되자, 그제야 괴로웠던 지난 2주일이 머릿속에 떠올랐다. 그것은 아무런 생각도 떠오르지 않는, 그저 거친 암석이 중첩되는 듯한 풍경이었다. 그중에서도 가장 심했던 기침의 고통에 잠길 때면 항상 알 수 없는 말이 머릿속에 떠올랐다. 바로 '히루카니야 호랑이'라는 말이었다. 기침할 때 목이 울리는 소리와 비슷하다고 생각한 요시다는 "나는 히루카니야의 호랑이야"라고 중얼댔다. 도대체 '히루카니야의 호랑이'가 무엇인지, 요시다는 기침이 끝난 뒤면 언제나 기분이 묘했다. 잠들기 전에 읽은 소설 같은 데에서 나온 말이 틀림없다고 생각했지만, 도저히 어디서 본 말인지 생각나지 않았다. 혹은 '자기 잔상(自己殘像)'일지도 모른다고 생각했다. 기침하느라 완전히 기력을 소진해 머리를 베개 위에 대고 있으면 작은 기침이 나온다. 이제 더는 잔기침까지 일일이 대응할 수 없어서 목을 뻣뻣하게 하고 나오는 대로 놔두면, 아무래도 그때마다 머리는 움직이지 않을 수 없다. 그러면 '자기 잔상'이 생기는 것이다.

하지만 그 또한 모두 힘들었던 약 2주간의 추억이었다. 똑같이 잠들지 못한 밤이라도 요시다는 어떤 쾌락을 좇고 싶은 기분이 드는 밤도 있었다.

어느 날 밤 요시다는 담배를 바라보고 있었다. 마루 옆 화로 자락에 조각 담배 주머니와 담뱃대가 보였다. 우연히 눈에 띄었다기보다는 요시다가 무리하게 고개를 돌려서 보고 있었던 것이다. 그것을 보고 있으면 말할 수 없이 즐겁다는 걸 요시다 본인도 알고 있었다. 요시다가 잠들지 못하는 것은 그런 기분 때문인데, 그러니까 미치도록 신이 났다. 그 때문에 뺨이 조금씩 달아오르고 있다는 것까지 요시다는 알고 있었다. 그러나 결코 다른 쪽을 바라보며 잠들 생각은 하지 않았다. 그러면 모처럼의 봄밤

과 같은 기분이 순식간에 병든 겨울과 같은 기분으로 바뀔 것이다. 그러나 잠들지 못하는 것 또한 요시다에게는 고통이었다. 요시다는 언젠가 누군가에게서 환자가 자는 것을 원하지 않는 게 불면증의 원인이라는 학설이 있다는 말을 들었다. 그 이야기를 듣고 나서 요시다는 잠들지 못할 때, '나에게는 잠들고 싶지 않은 마음이 있는가'에 대해 밤새 돌아보았던 적이 있다. 그런데 지금 자신이 잠들지 못하는 이유에 대해 굳이 돌아볼 필요도 없다. 요시다는 이유를 알고 있다. 그러나 그 숨겨진 욕망을 실행에 옮길지 말지의 단계가 되자 요시다는 두말없이 부인하지 않을 수 없었다. 담배를 피우든 말든 그 도구가 손에 닿을 만큼 가까이 가는 것만으로도 이 봄밤 같은 기분은 일시에 꺼져버릴 것임을 알았다. 만약 한 대 피울 경우, 며칠간 잊고 있던 기침의 공포와 괴로움이 덮쳐 오리라는 것도 알았다. 무엇보다도 어머니는 요시다가 그 사람 때문에 조금 괴로운 눈빛을 하면 곧바로 짜증 내고 화를 내는데, 어머니가 잠든 틈에 그 사람이 잊고 간 담배를 어떻게……. 그렇게 생각하면 역시 요시다는 두말없이 그 욕망을 부정하지 않을 수 없었다. 그래서 요시다는 결국 그 욕망을 노골적으로 피했다. 그리고 언제까지나 그쪽을 바라보며 잠들지 못한 채로 봄밤 같은 설렘을 느꼈다.

또 어떤 날은 거울을 가져오게 해서 시들시들한 한겨울 정원의 풍경을 반사해 바라보았다. 그중 요시다에게는 언제나 남쪽 하늘의 붉은 열매가 눈이 번쩍 뜨일 만큼의 자극으로 다가왔다. 또 잠자리에 누워 '거울에 반사된 풍경에 망원경을 대고 바라보면 망원경 효과가 얼마나 있을지'를 한참 동안 생각하곤 했다. 효과가 있을 것 같다고 생각한 요시다는 망원경을 가져오게 해서 거울을 겹쳐 들여다봤는데, 효과가 있었다.

마을의 큰 상수리나무가 요시다의 정원 한구석에 접해 있는데, 어느 날 상수리나무에 찾아온 철새 소리가 유독 크게 들렸다.

"저게 뭘까?"

요시다의 어머니는 상수리나무 쪽을 보고 밖으로 나가면서 마치 요시다가 들으라는 듯이 혼잣말을 했다. 신경질을 내는 게 일상이 된 요시다는 '그러거나 말거나'라는 심정으로 일부러 아무 반응도 하지 않았다. 그래도 요시다가 그렇게 얌전한 것은 그의 기분이 괜찮을 때란 것이다. 만약 그의 기분이 좋지 않았을 때라면 침묵하는 스스로가 괴로워서, "도대체 들으라고 하는 말인지 혼잣말인지……. 모호하게 말하면 내가 쳐다볼 줄 아세요?"라고 했을 테고, 어머니가 그런 뜻이 아니라고 하면, "말은 아니라고 하지만, 내가 신경 쓰리란 걸 어렴풋이 알고 있잖아요. 항상 그렇게 모호하게 말하니까 내가 무리해서라도 거울과 망원경을 들고 정원 쪽을 봐야 하나 싶은 마음이 들어서 괴롭잖습니까"라고 어머니를 몰아세웠을 테다. 어쨌든 그날 아침에는 요시다의 기분이 산뜻했기 때문에, 어머니는 요시다의 속마음을 모르고 또 모호한 혼잣말을 했다.

"어쩐지 울음소리가 '히요히요'처럼 들리네."

"히요새(직박구리)인가 보네요."

요시다는 어머니가 히요새라는 말을 듣고 싶어 그런 형용사로 표현했다는 것을 대충 알았기 때문에 그렇게 대답했다. 요시다가 무슨 생각을 하는 줄 몰랐던 어머니는 조금 있다가 또 이렇게 말했다.

"왠지 털이 '무크무크(부스스)'해."

요시다는 짜증 내기보다는 어머니의 의도가 너무나도

우스꽝스러워서 "그렇다면 무크새(찌르레기)인가 보네요"라고 답하며 혼자 웃음이 나왔다.

그러던 어느 날, 오사카에서 라디오 가게를 열고 있는 막냇동생이 요시다의 병문안을 왔다.

몇 달 전까지만 해도 요시다와 어머니는 남동생이 지금 사는 집에서 함께 살았다. 그 집은 요시다의 아버지가 학교에 안 간 남동생에게 적성에 맞는 장사를 차려주고 그 옆에서 도와주면서 노후 생활을 해나가려고 56년 전에 산 구멍가게였다. 남동생은 그 가게의 절반을 라디오 가게로 꾸몄고, 구멍가게는 요시다의 어머니가 관리하며 함께 지냈다. 오사카 남쪽으로 개발이 진행되면서, 10여 년 전만 해도 풀이 무성한 시골 땅에 점점 주택, 학교, 병원 등이 들어섰다. 그중 상당수는 그 지역 농부였던 지주들이 세운 작은 연립주택이었다. 어느덧 들판의 잔재가 많이 사라진 마을이 되었다. 남동생의 가게는 비교적 일찍 난 대로에 있는데, 대로 양쪽으로 여러 가게가 늘어서 있었다.

병세가 나빠진 요시다가 도쿄에서 오사카의 그 집으로 돌아온 것은 2년 남짓 전이었다. 요시다가 돌아온 다음 해에 그 집에서 아버지가 돌아가셨다. 얼마 후 군대에 있던 남동생이 돌아와서 착실히 장사를 꾸려나갔고 장가도 들었다. 절반을 라디오 가게로 꾸미는 동안 셋은 잠시 따로 사는 요시다의 형 집에서 신세를 지게 되었다. 그때 마침 형이 자신이 사는 마을에서 조금 떨어진 시골에 환자가 거주하기에 좋은 별채가 딸린 집을 찾았다고 해서, 오사카 집을 나와 이곳으로 이사한 것이 3개월 정도 전이다.

남동생은 어머니와 오사카 집은 여전하고 자기네 부부도 무탈하다는 이야기를 나누다가 곧 돌아갔다. 잠시 후 동생을 바래다준 어머니가 방으로 돌아와서는 갑자기, "그 잡화점 딸이 죽었다더라" 하며 요시다에게 말을 건넸다.

"흠."

요시다는 남동생이 그 이야기를 자기 방에서 하지 않고 어머니가 안방에서 데려다줄 채비를 할 때 전했다는 것이 신경 쓰였다. 역시 동생 눈에 자신은 그런 말도 쉽게 할 수 없는 병자로 보였나 보다.

요시다는 그렇게 짐작은 하면서도, "그 얘기를 왜 저쪽 방에서 하는 거에요?"라고 말했다.

"그럼 네가 놀랄 것 같아서."

그렇게 말하는 어머니가 별로 개의치 않아 보였기 때문에 요시다는 금방이라도 "그럼 어머니는 놀랐나요?" 하고 되묻고 싶었지만, 이내 그런 말을 할 마음도 들지 않아 가만히 잡화점 딸의 죽음을 생각했다.

요시다는 그 딸이 폐가 나빠서 누워 있다는 이야기를 예전에 들어서 알고 있었다. 그 잡화점은 남동생 집에서 길 하나를 사이에 두고 두세 집쯤 옆으로 대각선 맞은편에 있는 수수한 분위기의 가게였다. 그 잡화점에 딸이 앉아 가게를 봤다는데, 요시다의 기억에는 없었다. 다만 그 집 안주인은 항상 근처에 나다녔기 때문에 잘 알았다. 그 안주인은 사람이 너무 호락호락해 보여서 요시다는 약간 짜증 난다고 생각했다. 근처 여주인들과 수다를 떠는 모습을 종종 보았는데, 그때마다 잡화점 안주인은 우스꽝스러운 웃음을 지은 채 놀림을 당하는 듯했기 때문이다. 요시다의 지나친 생각일지도 모르지만, 잡화점 안주인은 귀머거리라서 다른 사람이 손짓, 발짓으로 설명해주어야 알아듣는 데다 코맹맹이 소리로 말했기 때문에 한층 더 남에게 경멸적인 인상을 주었다. 하지만 다소 사람들에게 경멸받더라도, 놀림감이 되더라도 손짓으로 설명해주고 코맹맹이 소리를 들어주는 사람이 있어야 이웃 대열에 낄 수 있다. 허울뿐인 관계라 해도 그런 게 동네 생활의 진실이라는 걸 요시다도 여러모로 알게 되었다.

그런 식으로 요시다는 잡화점을 떠올리면 딸보다 안주인에 대한 기억이 많았다. 그러다 점점 잡화점 딸 이야기에 주의를 기울이기 시작한 것은 대략 딸의 상태가 나빠지고 나서부터였다. 이웃 사람 말로는 잡화점 주인이 매우 인색해서, 딸을 의사에게 데려가지도 않고 약도 사주지 않았다고 한다. 안주인만 딸을 돌보았는데, 2층 단칸방에 딸이 누워 있는데도 주인도 아들도 그리고 막 새 식구가 된 며느리도 병자를 보러 오지 않았다고 한다. 언젠가 그 딸이 매일 식사 후에 송사리를 다섯 마리씩 삼킨다는 말을 들었을 때 요시다는 '어떻게 그렇게까지 하지?'라는 생각이 들어 갑자기 그 딸한테 마음이 쓰였다. 하지만 그런 일은 요시다로서는 아직 먼 이야기같이 느껴졌다.

그런데 얼마 후 요시다의 집에 외상값을 받으러 온 그 집 며느리가 그의 가족과 이야기를 나누었는데, 방에 있던 요시다의 귀에도 이야기 소리가 들렸다. 송사리를 삼키고 나서 아가씨 상태가 좋아져서 시아버지가 열흘에 한

번 정도 들판 쪽으로 송사리를 가지러 간다고 말하더니 마지막으로 "우리 집 그물을 언제나 빌려줄 수 있으니까 이 집 환자한테도 좀 잡아다 주면 어때요?"라고 하는 것이었다. 그 말을 듣는 순간, 요시다는 당황하고 말았다. 자신의 병이 그렇게 공공연히 언급될 정도로 사람들에게 알려져 있다니 새삼 놀랐다. 생각해보면 당연한 이야기인데, 새삼 놀랐다는 데에서 평상시 자신이 자신의 병세에 얼마나 안일했는지를 깨달았다. 요시다는 자신에게도 그 송사리를 먹이는 게 어떠냐는 말을 지금도 생생히 기억한다. 나중에 가족이 웃으며 그 이야기를 전했을 때, 요시다는 가족들도 그런 마음이 있지 않을까 싶어서 "그 물고기를 틈은 줘야 하지 않아?" 하고 악에 받쳐 마구 지껄였다. 요시다는 그런 것을 먹으면서 점점 죽음에 다가가는 잡화점 딸을 상상하면 참을 수 없이 우울한 기분이 들었다. 잡화점 딸에 대해 아는 건 그 정도가 다였으며 요시다는 이곳 시골로 와버렸다. 얼마 후, 남동생 집에 다녀온 어머니한테서 잡화점 안주인이 갑작스레 죽었다는 소식을 들었다. 어느 날 마루에 올라 거실에 있는 긴 화로 쪽으로 가다가 뇌출혈이 와서 죽었다는 것이다. 대단히 어이없는 일이었는데, 요시다의 어머니는 하루아침에 어머니를 잃어서 크게 낙심했을 거라며 잡화점 딸을 더 걱정했다. 그리고 그 안주인이 평상시에는 그렇게 허투루 보여도 남편 몰래 딸을 시민병원에 데려가기도 했고, 몰래 약을 타와서 준 적도 있었단다. 언젠가 안주인이 요시다의 어머니를 붙잡고 푸념하듯 말해주었다며 역시 어머니는 어머니라고 했다. 요시다는 이야기 속 안주인에게서 매우 절실함을 느꼈고, 안주인에 대한 인상이 완전히 바뀌어버렸다. 요시다의 어머니는 이웃 사람에게 들었다며 다른 이야기도 전해주었다. 안주인이 죽은 후에는 잡화점 주인인 아버지가 딸을 돌봐주고 있다는 것, 그 일이 얼마나 힘든지는 모르겠지만, 잡화점 주인이 이웃에게 "죽은 아내는 도통 도움이 안 되는 사람이었는데, 글쎄 2층을 하루에 30여 차례 오르내렸더군" 하고 말했다는 것을 요시다에게 들려주었다.

여기까지가 요시다가 최근까지 들었던 잡화점 딸의 소식이었다. 요시다는 지난 일을 모두 떠올리면서, 그 딸이 죽어가는 동안 느꼈을 쓸쓸한 기분을 상상했고 서도 모르게 자신의 기분이 아주 이상해졌음을 깨달았다. 요시다는 밝은 병실 안에 있었고, 곁에는 어머니도 있었지만, 왠지 자신만 홀로 깊은 곳에 빠져 그곳에서 벗어날 수 없을 것만 같은 기분이었다.

"예. 정말 놀랐습니다."

조금 늦게 어머니의 말에 요시다가 답했지만, 어머니는 오히려 "그것 보렴" 하고 요시다를 설득하는 듯한 어조로 대꾸하며 자신은 그 소식을 전한 게 아무렇지도 않다는 듯, 또 잡화점 딸에 대해 이런저런 이야기를 했다. 그리고 마지막으로, "그 딸은 역시 그 엄마가 살아가게 한 거였어. 안주인이 죽고 두 달도 안 됐잖니" 하고 탄식했다.

3

　요시다는 잡화점 딸의 죽음으로 여러 생각이 들었다. 첫째는 요시다가 그 마을에서 이곳 시골로 온 지 몇 달도 안 됐는데, 그사이에 그 마을의 누군가가 죽었다는 소식이 참 많다는 것이다. 요시다의 어머니는 한 달에 한두 번 그곳에 다녀올 때마다 꼭 그런 이야기를 듣고 와 전해주었다. 그리고 그것은 대개 폐병으로 죽은 사람의 이야기였다. 그 이야기를 듣고 알았는데, 그 사람들이 병에 걸려 죽기까지의 기간은 매우 짧았다. 어느 학교 선생님의 딸은 반년 만에 죽었고 지금은 또 그 아들이 걸렸다고 한다. 털실 가게 주인은 얼마 전까지 가게에 올려놓은 털실 직조기로 온종일 털실을 짰는데, 갑자기 죽어서 가족이 가게를 접고 고향으로 내려갔고 이후에 카페가 들어섰다고 한다.

지금은 시골에 있으면서 가끔 그런 말을 들어서인지 죽음이 뚜렷하게 와 닿지만, 자신이 그 마을에서 지내던 2년여 동안에도 분명 누군가가 죽었다는 이야기가 여러 번 있다가 사라졌을 것이다.

요시다는 도쿄에서 학교에 다니다가 병세가 나빠져 2년 전쯤 마을로 돌아왔는데, 그로서는 2년간의 마을 생활을 통해 태어나 처음으로 세상살이란 걸 알게 되었다. 그렇다고 해도 요시다는 늘 집 안에 틀어박혀 있었기에 세상사는 대개 가족의 입을 통해 전해졌다. 잡화점 딸이 먹었다던 송사리처럼 누군가가 자신에게 권하는 폐병약이라는 걸 접하면서, 세상이 이 질병과 싸우는 전쟁의 어두운 이면을 알 수 있었다.

처음은 아직 학생이었던 요시다가 그 마을에 휴가차 왔을 때였다. 요시다는 어머니로부터 인간의 뇌수 구이를 먹어보지 않겠느냐는 말을 듣고서 심기가 매우 불편했다. 어머니가 주뼛주뼛 그 말을 꺼냈을 때, 진심으로 하는 말인지 몇 번이나 어머니의 얼굴을 쳐다볼 만큼 기분이 묘했다. 자신이 아는 어머니는 그런 말을 할 사람이 아니라고 믿었기 때문이다. 그랬던 어머니가 그런 말을 꺼내니 왠지 미덥지 않은 기분이 들었다. 그리고 어머니한테 그것을 추천한 사람으로부터 조금 받아놓은 게 있다는 말을 들었을 때는 완전히 불쾌해졌다.

어머니의 말에 의하면, 채소를 팔러 오는 여자와 이런저런 이야기를 하다가 폐병 특효약 이야기가 나왔다는 것이다. 그 여자에게는 남동생이 있었는데 폐병으로 죽었다고 한다. 마을 화장터에서 여동생을 보내는 자리에 스님이 오셔서 "인간의 뇌수 구이는 폐병의 약이니, 가지고 있다가 혹시 이 병에 걸려 힘들어하는 사람을 만나면 나누어주시오"라고 말하며 직접 꺼내주었다고 한다.

요시다는 그 이야기 속에서 손쓸 겨를도 없이 죽어버린 그 여자의 남동생, 동생을 보내며 화장터에 서 있는 누나, 스님이라는 왠지 미덥지 않은 남자 그리고 그 남자가 화장터를 배경으로 타다 남은 뼈를 찧는 모습을 떠올렸다. 그 여자가 그 말을 믿고, 다른 사람도 아니고 자기 남동생의 뇌수 구이를 늘 품고 있다가 '이 질병으로 아픈 사람을 만나면 줘야지' 하고 마음먹었다니……, 요시다는 왠지 모르게 참을 수 없는 기분이 되었다. 그런 걸 받은들 자신이 먹을 리 없다는 걸 알 텐데, 자신이 안 먹으면 그걸 어떻게 처리하려고 했는지……. 요시다는 어머니가 한 일은 없었던 일로 할 수도 없는 불쾌한 일이라고 생각했다. 곁에서 듣고 있던 요시다의 막냇동생도 "어머니, 이제 그만 하세요"라고 말해서 왠지 그 일은 우스운 해프닝처럼 지나가버렸다.

몸이 안 좋아 마을로 돌아오고 얼마 안 되었을 때는 누군가 목매어 죽은 밧줄을 "그냥 속는 셈치고" 먹어보라는 말을 들었다. 그런 권유를 한 사람은 야마토에서 칠기 세공을 하는 남자였는데, 어떻게 그 밧줄을 손에 넣었는지를 요시다에게 들려주었다.

어느 동네에 홀아비 폐병 환자가 있었는데, 병이 위중한 채 돌봐주는 사람도 없이 허름한 오두막집에 방치되어 있다가 최근 목을 매 죽고 말았다. 그 남자에게 빚이 있어서 그가 죽었다는 소식을 듣고 여기저기서 채권자가 찾아왔다. 그 남자에게 집을 빌려준 집주인이 채권자들을 한자리에 불러 모아 그 남자의 물건을 경매로 팔아 뒷수습했다. 그런데 여러 물건 중에서 가장 비싼 것이 그 남자가 목 매단 밧줄이었다. 한두 치씩 잘라 판 돈으로 집주인은 그 남자의 간단한 장례식을 치러주었을 뿐만 아니라 집세도 모두 받게 됐다고 한다.

요시다는 그 이야기를 들으면서 그런 미신을 믿는 인간의 무지가 참으로 어리석다고 생각했다. 사실 인간은 정도의 차이가 있을 뿐 무지한데, 그 이야기에서 어리석음을 빼고 보면 인간이 폐병을 대하는 방식과 절망이 남는다. 그리고 병자들은 어떻게든 자신이 나아지고 있다는 암시를 원한다는 걸 알 수 있다.

요시다는 몸이 안 좋아 집에 돌아오기 1년 전에, 어머니가 중병에 걸려 입원했을 때 함께 병원에 따라간 적이 있었다. 그때 요시다는 병원 식당에서 아무 생각 없이 식사한 후 창문에 비치는 풍경을 멍하니 바라보고 있었는데, 갑자기 어떤 여자가 눈앞에 얼굴을 불쑥 내밀고는 원래 우렁찬데 일부러 콱 눌러 죽인 목소리로 "심장이 안 좋나요?"라고 귓속말을 했다. 깜짝 놀라서 쳐다보니, 간병인으로 고용된 사람 중 한 명이었다. 물론 간병인들은 매일 바뀌지만, 그 여자는 그 무렵 노골적인 농담을 하며 식당에 모여드는 다른 간병인들을 좌지우지하던 중년 아주머니였다.

요시다는 무슨 말인지 못 알아듣고 잠시 상대의 얼굴을 쳐다보다 이내 '아, 그렇군' 하고 깨달았다. 자신이 창밖 정원을 바라보기 전에 기침을 했다는 걸 말이다. '내가 기침을 해서 심장이 나쁘다고 착각했구나' 하고 깨달았다. 기침이 순간적으로 심장의 고동을 높여준다는 것은 요시다도 경험으로 알고 있었다. 여자의 말을 이해한 요시다는 아니라고 답했는데, 그의 대답에는 아랑곳하지 않고 위협하듯 우렁찬 목소리로 이렇게 물었다.

"그 병에 잘 듣는 보약을 알려줄까요?"

그리고 요시다의 얼굴을 물끄러미 들여다보았다. 요시다는 무엇보다 자신이 '그 병'에 걸렸다고 생각하는 게 불쾌했지만 순순히 되물었다.

"무슨 약인데요?"

그 여자의 대답은 요시다를 질리게 했다.

"지금 알려줘도 이 병원에서는 구할 수가 없을걸."

그렇게 대단한 게 있다는 듯 말한 약은 초벌구이한 질주전자에 생쥐를 넣고 다린 것으로, 그것을 아주 조금씩 나눠 마시다 보면 '한 마리를 채 다 먹기도 전에' 낫는다는 것이었다. '한 마리를 채 다 먹기도 전에'라는 표현을 할 때 그 여자는 무서운 얼굴로 요시다를 노려보았다. 그 때문에 요시다는 완전히 그녀의 기에 눌려버렸다. 내 기침에 민감했던 것이나 그런 약에 대해 알고 있던 것을 생각해 보면, 그 여자가 간병인이라는 직업적인 특성도 있겠지만, 분명 그 여자와 가까운 혈육 중에 그 병에 걸렸던 사람이 있었을 것이다. 요시다는 병원에서 지내며 간병인으로 일하는 여자들은 참으로 외로운 사람들이라고 생각했다. 그들은 단순히 생활을 위해 일하는 게 아니라 남편과 사별했다든지, 나이가 들어 양육자가 없다든지 같은 인생 어딘가에 불행이 낙인찍힌 사람들이었다.

요시다는 병 때문에 종종 겪는 이런 일로만 세상을 접할 수밖에 없었다. 모두 요시다가 폐병 환자라는 것을 간파하고 다가온 세상 말이다. 병원에 있는 한 달 남짓한 사이에 또 다른 일이 있었다.

어느 날 요시다가 병원 근처 시장에 환자에게 필요한 물건을 사러 나갔을 때의 일이었다. 시장에서 볼일을 보고 돌아오는데, 길거리에 서 있던 여자가 요시다의 얼굴을 말똥말똥 쳐다보며 다가오더니 "저기, 실례합니다만……"이라고 말을 걸었다. 요시다는 무슨 일이냐는 표정으로 여자를 돌아보았다. 요시다는 '이 여자가 다른 사람을 착각했구나' 하고 생각했다. 자주 있는 일이었고 대체로 좋은 말로 사과하며 무마되기에 이번에도 사과하면 호의적으로 대응하려고 준비하면서 여자가 말하기를 기다렸다. "혹시 폐가 안 좋나요?"

갑자기 그런 말이 돌아오자 요시다는 적잖이 놀랐다. 하지만 요시다에게는 별로 드문 일은 아니었기에 그저 '예의범절에 어긋난 말을 하는 사람이구나' 하고 생각했다. 그런데 요시다의 얼굴을 바라보는 그 여자의 표정에는 왠지 모르게 지성이 결여되어 보였다. 다음에 그녀의 입에서 나올 말로 인해 뭔가 인생의 대사건이라도 벌어질 것 같은 생각이 들었다.

"예, 나쁘긴 나쁘지만, 그건 왜……."

그러자 그 여자는 대뜸 다음과 같은 이야기를 장황하게 늘어놓았다.

그 병은 의사나 약이 안 듣는다. 역시 믿음을 가져야만 살아남을 수 있다. 내 남편도 결국 그 병으로 죽었고, 그후 나도 똑같이 그 병에 걸렸지만 믿음으로 마침내 극복할 수 있었다. 그러니까 당신도 꼭 믿음을 가지고, 그 병을 극복하라.

여자가 말하는 동안 요시다는 자연히 여자의 얼굴에 깊은 주의를 기울이지 않을 수 없었다. 그 여자에게는 그런 요시다의 얼굴이 매우 난해하게 비쳤는지 여러모로 요시다의 심기를 헤아리며 매우 집요하게 그 이야기를 계속했다. 그리고 요시다는 그 이야기가 다음과 같이 변해 갔을 때 '과연 이것 때문이었군' 하고 생각했다.

그 여자는 자신이 천리교의 교회를 가지고 있으며, 그곳에서 여러 가지 이야기도 하고 기도도 할 테니 꼭 와달라고 했다. 명함이라고도 할 수 없는, 주소를 고무판으로 찍은 초라한 종잇조각을 허리띠에서 꺼내면서 요시다에게 건넸다. 바로 그때 자동차 한 대가 들어서며 삑삑 경적을 울렸다. 아까부터 자동차가 오는 걸 알고 있던 요시다는 '빨리 이야기를 끝내면 좋겠다'라고 생각하며 길가로 비켰다. 그런데 여자는 자동차 경적 따위는 전혀 신경 쓰지 않고, 요시다가 자신에게 주의를 기울이지 않는 듯하자 기를 쓰고 이야기에 열을 올렸다. 결국 비켜주지 않는 여자 때문에 자동차는 길에 멈춰 설 수밖에 없었다. 요시다는 여자가 붙들고 이야기하는 상대가 자신이다 보니 창피하고 당황스러웠다. 여자는 요시다의 재촉에 길 한쪽으로 비켜서는 와중에도 다른 곳에 주의를 기울이지 않았고, 조금 전 "교회에 꼭 와줘"라는 이야기를, "나는 지금 교회에 돌아갈 건데 함께 가자"라는 이야기로 진행시켰다. 요시다가 볼일이 있다고 말하고 거절하자 어디 사냐고 물었다. 요시다는 "상당히 남쪽이다"라고 애매모호하게 말하며 알려줄 생각이 없다는 뉘앙스를 내비쳤지만, 여자가 아랑곳 않고 "남쪽 어디? ××마을 쪽? 아니면 ○○마을 쪽?" 하고 집요하게 물어봤기에 요시다는 마을 이름까지는 알려주었다. 그때까지는 그 여자에게 거짓말할 마음이 없었기 때문에 자신이 사는 마을을 솔직하게 털어놨던 것인데, "그래서? 2번지? 몇 번지인데?" 하고 끝까지 추궁하자 요시다는 울컥 화가 치밀고 말았다. '번지수까지 알려주었다가는 초여름 날파리처럼 성가시게 굴지도 몰라' 하고 퍼뜩 자각했고, 동시에 그렇게까지 몰아붙이는 여자의 집요한 태도에 압박을 느꼈다. 화가 난 요시다가 상대를 노려보며 말했다.

"더 이상 말하지 않겠습니다."

여자가 어안이 벙벙한 표정을 짓자 요시다는 당황해하

며 노려보기를 멈추었다. 여자는 요시다의 화가 조금 가라앉은 듯 보이자, 그럼 꼭 가까운 시일 내에 교회에 와 달라며 조금 전 요시다가 들렀던 시장 쪽으로 걸어갔다. 어차피 요시다는 일단 여자의 말을 모두 듣고 나서 부드럽게 거절하려고 했었다. 그런데 궁지에 몰리자 당황해서 저도 모르게 화를 내버렸다. 스스로 생각해도 우스웠다. 아직 햇빛이 산뜻한 오전인데 내가 얼마나 아픈 사람처럼 나쁜 안색으로 걷고 있었으면 그랬을까, 내가 그렇게 우울한 눈빛을 했나…….

병실로 돌아와 거울을 꺼내 "그렇게 안색이 안 좋은가?" 하고 얼굴을 비춰보았다. 그리고 침대 위에 누워 있는 어머니에게 있었던 이야기를 들려주었다. 그러자 요시다의 어머니는 "무슨 너만 그러니?"라며 자신도 시영 공설시장에 가는 길에 몇 번이나 그런 꼴을 당했다고 했다. 그제야 요시다는 그 여자의 행동이 이해됐다. 교회가 교인을 만들기 위해 안간힘을 쓰고 매일 아침 시장이나 병원같이 사람이 많이 들르는 곳 근처에 그물을 치고, 안색이 나쁜 인물을 물색한 다음 요시다에게 했던 것과 같은 식으로 어떻게 해서든 교회에 끌고 가려고 한다는 것이다. 요시다는 '에이, 뭐야'라는 마음이 드는 동시에 우리가 생각하는 것보다 훨씬 현실적인 세상이라고 느꼈다.

요시다는 평소 자주 생각하는 통계 숫자가 있다. 바로 폐결핵으로 죽은 인간의 백분율이다. 통계에 의하면 폐결핵으로 죽은 인간 100명 중 90명 이상은 극빈층이고, 상류층은 그중 한 명도 안 된다. 물론 이것은 단순히 '폐결핵으로 죽은 인간'의 통계이고 폐결핵에 대한 극빈층 사망률이나 상류층 사람의 사망률은 아니다. 또 극빈층, 상류층이 어느 정도까지를 가리키는 것인지도 알 수 없다. 그렇지만 요시다가 다음과 같은 일을 상정하기에는 충분한 통계다.

지금 너무나 많은 폐결핵 환자가 죽어가고 있다는 것. 폐결핵 환자 중에서 인간이 바라는 가장 세심한 치료를 받는 사람은 백 명에 한 명도 안 되고, 그중 90여 명은 약다운 약도 없이 죽음을 재촉하고 있다는 것.

지금까지 요시다는 단순히 그 정도로 추산하여 그것을 자신의 경험에 적용해 생각했다. 잡화점 딸이 죽은 것을 생각하고, 지난 몇 주간 겪은 괴로움을 생각했을 때 막연히 또 이런 생각을 하지 않을 수 없었다. 통계 속 90여 명을 생각해보면, 그중에는 여자도 있고 남자도 있고 아이도 있고 노인도 있을 것이다. 자기 뜻대로 되지 않는 일이나 병의 괴로움을 굳세게 견디는 사람이 있는가 하면, 어느 쪽도 견딜 수 없는 사람도 꽤 있을 것이다. 병이란 결코 학교의 행군처럼 견딜 수 없는 약한 사람을 행군에서 제외시켜주지 않는다. 마지막 죽음의 골로 갈 때까지는 어떤 호걸이든 겁쟁이든 모두 같은 줄에 서서 마지못해 질질 끌려가는 것이다.

『중앙공론(中央公論)』 1932년 1월호

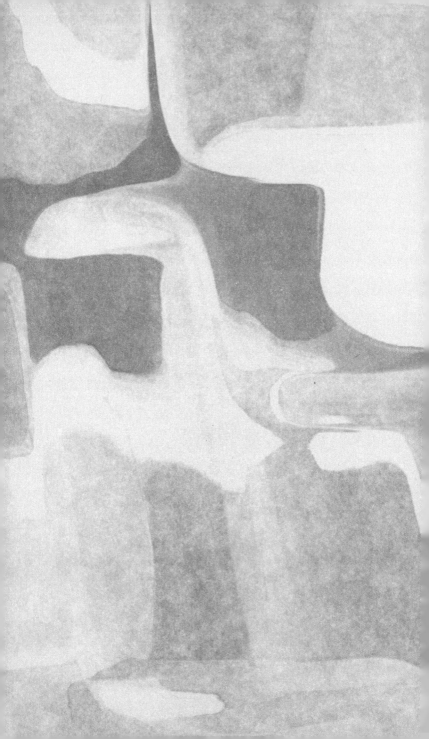

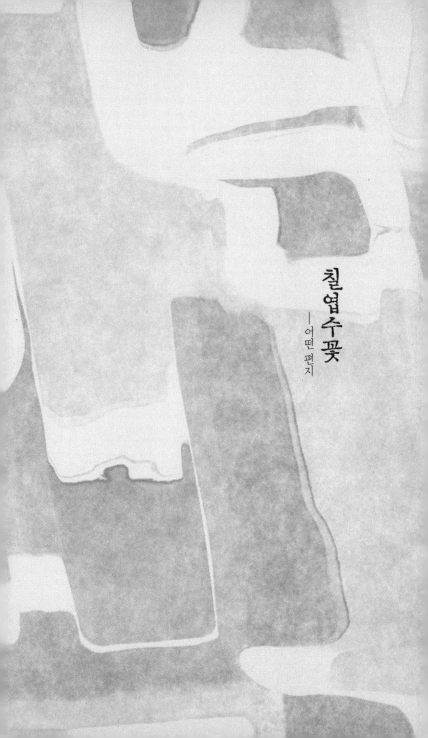

칠엽수꽃

— 어떤 편지

1

요즘 우중충한 날씨 탓인지 편지를 쓸 생각도 못 했습니다. 교토에 있을 때는 매년 이 계절에 가슴막이 안 좋아지곤 했는데, 이곳으로 온 뒤로는 괜찮아졌습니다. 이유를 찾자면 첫 번째는 술을 마시지 않게 돼서일지도 모릅니다. 그렇지만 역시 정신 건강에는 도움이 되지 않았습니다. 어이없는 말을 한다고 당신은 웃을지도 모르지만 학교에 가는 일이 정말이지 귀찮아졌습니다. 전철을 타고 학교에 갑니다. 전철로 40분 정도 걸립니다. 성격이 소극적으로 변해서인지 앞에 앉은 사람이 내 얼굴을 자꾸 보는 듯한 느낌이 듭니다. 물론 그것이 나 혼자만의 생각이라는 것은 알고 있습니다. 처음에는 깨닫지 못했지만, 말하자면 제가 스스로 그런 시선을 찾는 것입니다. 아무렇지도 않은 표정을 지으려고 하는 것이 애당초 괴로움의 근원입니다.

또 전철 안에 있는 사람에게 적의까지는 아니더라도 가시가 돋친 마음이 생깁니다. 때로는 이상하게 사람들의 결점을 찾기도 합니다. 학생들 사이에서 유행하는 듯한 통이 넓은 바지, 이상하게 납작한 빨간 구두, 이 밖에도 이것저것. 제 허약한 몸으로는 감당하기 힘든 악취미입니다. 아무렇지 않게 하고 있다면 화도 나지 않습니다. 꼭 필요해서라면 심지어 호의도 가질 수 있습니다. 하지만 절대 그렇다는 생각은 들지 않습니다. 천박하다는 생각이 듭니다.

여성들의 헤어스타일도 점점 참을 수 없는 경우가 많아졌습니다. 당신에게 빌려준 책 속에 여자 요괴의 그림이 있다는 사실을 알고 있나요? 얼굴은 여느 사람과 같지만 뒷부분이 요괴입니다. 욕심이 가득한 입을 가지고 있습니다. 그리고 풀어헤친 머리카락 끝이 촉수로 바뀌면서 놓여 있는 그릇에서 과자를 집어 입으로 가져가려 하고 있습니다. 하지만 여자는 요괴의 존재를 알고 있는지 모르는지, 아무렇지도 않은 얼굴로 앞을 바라보고 있습니다.

저는 이 그림을 봤을 때 기분이 나빴습니다. 그런데 요즘 여성들의 머리를 보면 그 그림이 생각나곤 합니다. 둥글게 말아 올린 머리가 그 입 모양을 하고 있습니다. 그 그림에 대한 나의 혐오는 그 머리를 보면 급격히 더 심해집니다.

이런 일을 일일이 신경 쓰다가는 답답해서 견딜 수가 없습니다. 하지만 그렇게 생각해도 도망칠 수 없는 것이 있습니다. 그것은 불쾌한 하나의 '틀'입니다. 반성해야겠다는 마음이 들면 들수록 더 답답해집니다. 하루는 이런 일이 있었습니다. 역시 제 앞에 앉은 여성의 옷차림이 혐오감을 불러일으켰습니다. 저는 미웠습니다. 치명적인 상처를 주고 싶다는 생각이 들었습니다. 그리고 효과적으로 망신을 줄 말을 찾았습니다. 얼마 지나지 않아 저는 적당한 말을 찾는 데 성공했습니다. 하지만 그 말은 지나치게 효과적인 말이었습니다. 망신을 줄 뿐만 아니라 그 유들유들한 여성을 어둡고 불행하게 만들어버릴 것 같았습니다. 저는 그런 말을 찾았을 때 바로 상대방에게 내던지는 장면을 상상하는데 이번 경우에는 그럴 수 없었습니다. 그 여성, 그 말. 이 두 가지의 대립을 생각하는 것만으로 이미 참혹했으니까요. 초조한 제 마음은 점점 안정을 되찾았습니다. 여자의 외모를 보고 왈가왈부하는 것은 남자답지 못하다고 생각했습니다. 더 따뜻한 마음으로 보아야겠다고 생각했지요. 하지만 이런 조화로운 마음은 오래가지 못했습니다. 혼자만의 망상이 끝나 버린 것이지요.

제 눈이 다시 한 번 그 여성을 향했을 때 저는 문득 그 추악함 속에서 나보다 더 건강함을 느꼈습니다. 솜씨는 좋지만 품위는 없는 사람이 있지요. 그런 의미에서 불쾌하지만 건강하다는 느낌입니다. 이름에 걸맞지 않은 망초라는 잡초가 있습니다. 그 건강함과도 비슷하달까요? 저의 혼자만의 망상은 그와 대조적으로 점점 신경질적인 나약함을 드러냈습니다.

저속함에 대해 심한 반감을 갖는 건 제 오랜 버릇입니다. 그것은 언제나 저 자신의 정신이 해이해져 있을 때 나타나는 징후였습니다. 하지만 나 자신도 비참한 기분이 든 것은 그때가 처음이었습니다. 장마가 저를 약하게 만들고 있다는 걸 알게 됐습니다.

전철을 타고 있을 때 또 하나 곤란한 것은 전철의 울림이 음악처럼 들린다는 것입니다(언젠가 당신도 같은 경험을 했다고 말하셨죠). 저는 그 울림을 이용해서 좋은 음악을 들으려는 계획을 세웠습니다. 하지만 그러는 사이에 저도 모르게 저를 불쾌하게 하는 적을 만들어버렸습니다. '저걸 해야겠다'라고 마음먹으면 저는 바로 그 곡목을 전철의 울림, 거리의 울림 속에서 발견하게 되었습니다. 하지만 지치고 피곤할 때는 정확한 음정으로 들리지 않습니다. 그 정도는 괜찮습니다. 곤란한 것은 그 소리를 내 뜻대로 멈출 수 없다는 것입니다. 그뿐만이 아닙니다. 그것은 어느샌가 제가 견디기 힘든 종류의 소리를 냅니다. 아까 그 여성이 거기에 맞춰 춤을 출 것 같은 음악입니다. 때로는 조소적으로 그리고 일부러 천박하게. 그리고 그 음악이 마치 그들의 승전가처럼 들린다고 하면 이상하게 들리겠지만, 어쨌든 매우 불쾌합니다.

전철 안에서 우울할 때의 제 얼굴은 분명 추할 것입니다. 누군가가 본다면 분명 좋아 보인다고는 하지 않겠지요. 전 제 우울에서 막연한 '악'을 느꼈습니다. 저는 그 '악'을 피하고 싶었습니다. 하지만 전철을 타지 않을 수는 없습니다. 끝까지 밀고 나가야 한다면 기죽을 필요는 없습니다. 혼자 하는 망상도 이걸로 끝입니다. 저 바다를 느껴야 합니다.

어느 날 저는 저보다 어린 친구와 전철을 탔습니다. 이번 4월에 우리보다 1년 늦게 도쿄로 온 친구였습니다. 친구는 도쿄를 좋아하지 않았습니다. 그리고 교토에서 좋았던 일들을 운운하곤 했죠. 저에게도 그와 비슷한 경험이 있습니다. 오자마자 도쿄를 좋아하게 되는 녀석은 저도 좋아하지 않습니다. 하지만 저는 친구의 말에 동의하기는 어려웠습니다. 도쿄에도 또 다른 종류의 좋은 점이 있다고 말했습니다. 친구가 이런 말을 하는 나를 불쾌하게 생각하는 것이 느껴졌습니다. 우리는 입을 다물어버렸습니다. 그건 이상하게 괴로운 침묵이었습니다. 친구는 또 교토에 있던 시절 전철 창문과 창문이 스쳐 지나갈 때 '저쪽 몇 번째 창문의 여자가 나와 인연이 될 것이다'라고 번호를 마음속으로 정하고 신의 계시라도 받는 듯 전철이 지나가길 기다린 적도 있었다고 말했습니다. 그 얘기는 내게 아무런 감흥도 주지 못했습니다. 저는 이런 이야기에도 고집이 있습니다.

2

어느 날 O가 찾아왔습니다. O는 건강해 보였습니다. 그리고 여러 가지 재밌는 이야기를 했습니다.

O는 제 책상 위에 놓인 종이를 쳐다봤습니다. 여러 장의 종이 위에는 'Waste'라는 글자가 쓰여 있었습니다.

"이게 뭐야. 애인이라도 생겼냐?"라며 O는 놀려댔습니다. 애인이라니. O의 입에서 나올 것 같지 않은 말에 저는 오륙 년 전의 일이 문득 떠올랐습니다. 한 여성에 대해 격렬한 열정에 사로잡혔던 치기 어린 저의 모습이 생각났습니다. 그 결과가 굉장히 좋지 않았다는 사실은 당신도 조금은 알고 있으시죠.

아버지의 못마땅한 목소리가 그 면목 없는 사건의 결과를 선고했습니다. 저는 갑자기 답답해졌습니다. 그리고 저도 알 수 없는 소리를 내며 이부자리에서 뛰쳐나왔습니다. 뒤에서는 형이 따라오고 있었지요. 저는 어머니 화장대로 달려갔습니다. 그리고 거울에 비친 새파랗게 질린 제 얼굴을 바라보았습니다. 보기 흉하게 굳은 얼굴이었습니다. 왜 화장대 앞으로 달려갔을까요. 이유는 저도 정확하게는 잘 모릅니다. 그 괴로움을 직접 봐두고 싶었는지도 모릅니다. 거울을 보면 때로는 마음이 진정되기도 합니다. 부모님, 형, O와 다른 한 친구가 그때 애를 먹은 사람들입니다. 집에서는 지금도 그 여성의 이름을 제 앞에서는 말하지 않지요. 그 이름을 저는 극히 간략하게 줄여 종이에 써본 적이 있습니다. 그리고 그 글자를 지운 다음 잘게 찢어버린 적도 있습니다. 그런데 O가 보고 저를 놀린 종이 위에는 'Waste'라는 글자가 한 면 가득 있었습니다.

"말도 안 돼. 완전 헛다리야"라고 말했습니다. 그리고 그 이유를 설명했습니다.

전날 밤 저는 여느 때처럼 우울함에 시달리고 있었습니다. 주룩주룩 비가 내리고 있었습니다. 그 소리가 앞서 말한 음악처럼 느껴졌습니다. 책을 읽을 생각도 없었기 때문에 저는 낙서를 했습니다. 'Waste'라는 단어는 쓰기 쉬

운 글자입니다. 바로바로 가볍게 써지는 그런 글자 있잖아요. 저는 그 글자를 아무 생각 없이 계속 썼습니다. 그러는 동안 제 귀에는 베를 짜는 듯한 일정한 리듬이 들리기 시작했습니다. 글자를 쓰는 손의 움직임이 만들어졌기 때문입니다. 당연히 들릴 수밖에 없었지요. 들리는 소리에 귀를 기울이기 시작해서 그것이 하나의 귀여운 리듬이라고 생각하기까지 제가 느낀 감정은 긴장이나 기쁨이라고 하기에는 너무 사사로운 것이었습니다. 하지만 한 시간 전의 권태는 이미 사라졌습니다. 저는 옷이 스치는 소리 또는 소인국의 기차 소리 같은 귀여운 리듬에 귀를 기울였습니다. 그 소리에 싫증이 나자 이번에는 그 소리를 말로 흉내 내고 싶은 욕망이 생겼습니다. 두견새의 울음소리를 접동접동이라고 표현한 것처럼요. 그러나 저는 끝내 발견하지 못했습니다. 사(サ)행 소리가 많다는 선입견에 사로잡혀 버렸기 때문입니다. 하지만 작은 조각조각의 말을 들었습니다. 그리고 그 소리가 암시하는 언어가 도쿄나 그 어느 지역도 아닌 우리 고향에서, 그것도 우리 가족만이 사용하는 고유의 억양이라는 것을 알았습니다. 아마도 제가 너무 열중한 탓이겠지요. 그런 순수함이 결국

저로 하여금 그 마을을 떠올리게 했습니다. 전혀 생각지도 못한 깊은 밤에 마음에서 멀어진 고향과 무릎을 딱 맞대고 있는 느낌이었습니다. 저는 무엇이 진짜인지 알 수 없었지만, 무엇인가 진짜를 그 안에서 느꼈습니다. 저는 다소 흥분한 상태였습니다.

하지만 O에게는 그것이 예술에서, 특히 시에서의 진실을 암시하는 것이 아닐까 하고 이야기했습니다. O는 그런 이야기도 부드럽게 미소를 지으며 들어주었습니다.

연필 끝을 뾰족하게 깎고 O에게도 그 소리를 들려주었습니다. O는 눈을 가늘게 뜨며 "들린다, 들린다"라고 말했습니다. 그리고 자기도 한번 해보더니 글자를 바꾸고 종이도 바꾸면 재미있을 것 같다고 말했습니다. 손의 움직임이 어색해지거나 하면 소리가 바뀐다며, 그것을 '변성'이라고 하고 웃었습니다. 가족 중 누구의 목소리처럼 들리냐고 하길래 막냇동생 같다고 했던 말 때문인 것 같습니다. 제 남동생의 변성기를 상상하면 가끔 애잔할 때가 있습니다. 다음 이야기도 이날 O와 있었던 일입니다. 그리고 편지에 적어두고 싶은 일입니다.

O는 지난 일요일에 쓰루미(鶴見, 일본 가나가와현 요코하

마 시에 있는 구)의 가게쓰엔(花月園)이라는 곳에 친척 아이를 데리고 갔다고 합니다. 그리고 재밌는 이야기라는 듯 그 일을 들려주었습니다. 가게쓰엔은 교토에 있었던 파라다이스 같은 유원지인 것 같았습니다. 여러 가지가 재밌었는데 그중에서도 가장 재밌었던 것은 커다란 미끄럼틀이었다고 합니다. 그리고 미끄럼틀을 타고 내려가는 재미를 역설했습니다. 정말 재미있었나 보더군요. 지금도 그 유쾌함이 몸 어딘가에 남아 있는 듯한 말투였습니다. 결국 저도 가보고 싶다고 해버렸습니다. 이상한 말이지만 이 '싶다~'의 '다~'는 O의 '미끄럼틀 재미있어~'의 '어~'와 아주 잘 어울렸습니다. 이런 조화는 O라는 인간의 매력에서 나옵니다. O는 거짓말을 하지 못하는 솔직한 남자로 그가 하는 말은 저도 전부 믿을 수 있습니다. 그다지 솔직하지 못한 저에게는 적어도 기쁜 일이 아닐 수 없습니다.

그리고 가게쓰엔에서 본 당나귀 이야기를 시작했습니다. 아이를 태우고 울타리를 도는 당나귀가 있는데, 아주 능숙하게 아이가 타면 혼자 알아서 한 바퀴를 돌고 온다는 겁니다. 저는 그 동물이 귀엽다고 느꼈습니다.

그런데 그중 한 마리가 도중에 멈춰 섰다고 합니다. O

는 그 당나귀를 보고 있었다고 합니다. 그러자 멈춰 선 녀석이 그대로 오줌을 누기 시작했다네요. 타고 있던 아이(여자아이라고 합니다)는 머뭇거리더니 얼굴이 점점 붉어져서 울 것 같았다고 합니다. 우리는 폭소를 터뜨렸습니다. 눈앞에 그 광경이 선명하게 떠올랐습니다. 사람을 좋아하는 당나귀의 어린애 같은 무례, 그리고 그 무례의 희생양이 된 아이의 귀여운 당혹. 이것은 정말 귀여운 당혹입니다. 그러나 웃고 있던 저는 이상하게 더 이상 웃을 수 없게 됐습니다. 웃어야 하는 그 상황에서 여자아이의 기분이 갑자기 내 마음속으로 밀려들어 왔기 때문입니다. '이런 예의 없는 행동을 하다니, 너무 창피해.'

저는 웃을 수 없게 돼버렸습니다. 전날 밤의 수면 부족 때문에 이상하게 마음이 쉽게 동요되고 쉽게 공감하게 된 것 같았습니다. 제가 그런 상태였습니다. 잠시 동안 불쾌한 감정이 가시지 않았습니다. 부담 없이 O에게 그 말을 할걸 그랬습니다. 말만 했다면 그 상황을 다시 '귀엽고 웃긴 일'이라고 웃어넘길 수 있었을 것입니다. 그리고 건강한 감정의 균형을 항상 잃지 않는 O가 부러웠습니다.

⌐ 3 ⌐

제 방은 좋은 방입니다. 단점이라고 하면 벽이 얇아서 습기에 민감하다는 것입니다. 한쪽 창은 나무와 절벽에 가깝고, 한쪽 창은 오쿠마미아나(奧狸穴, 도쿄 아자부에 있던 옛 지명)와 같은 저지대를 사이에 두고 이쿠라(飯倉, 도쿄 아자부에 있던 옛 지명)의 전철길도 보이는 전망입니다. 그 창문으로 옛 도쿠가와 저택의 늙은 모밀잣밤나무가 보입니다. 몇 년이나 되었는지 알 수도 없는 나무는 그 주변에서 가장 크고 멋진 경치입니다.

모밀잣밤나무는 왜 장마철에 잎이 붉어지는 것일까요? 처음에는 저녁놀이 반사되어 그런 거라고 의심했습니다. 바로 그런 붉은빛입니다. 하지만 비가 오는 날에도 붉어지는 건 변하지 않았습니다. 항상 똑같았어요. 역시 나무가 붉어진 것입니다. 저는 며칠이 지나서긴 했지만 '장맛비도 피해갔구나 히카리도'라는 옛 시구를 생각해 냈습니다. 그리고 모밀잣밤나무 붉은빛이라는 말을 만들어 '히카리도' 대신 써놓고 기뻐했습니다. 그리고 중간의 시구가 '피해갔다'가 아니라 '피해갔구나'였다는 점도 새롭게 보게 되었습니다.

벼랑 쪽 창문 근처에는 손에 닿을 정도의 거리에 후박나무가 있습니다. 목련의 일종이라고 합니다. 이 꽃도 장마철의 어둠 속에 어울린다고 생각했습니다. 하지만 뭐니뭐니 해도 참을 수 없는 것은 장마철입니다. 비가 계속 오면 제 방은 습기로 가득 찹니다. 창가가 젖어버린 것을 보거나 하면 우울해집니다. 이상하게 화가 나고 그렇습니다. 하늘은 그저 무겁게 내려앉아 있지요.

"쳇, 낡아빠진 배의 바닥 같네."

어느 날에도 저는 그런 말로 제 방을 욕했습니다. 그러다가 그렇게 욕을 하는 것이 갑자기 재미있어졌습니다. 어머니가 저에게 잔소리할 때가 있습니다. 그리고 결국 엉뚱한 욕설을 하고 웃음을 터뜨리기도 합니다. 약간 그런 기분이었습니다. 그 말처럼 저는 낡아빠진 배의 바닥에 다다미를 깔고 큰 강을 여행하는 제 모습을 상상했습니다. 사실 이때야말로 울적하고 답답한 장맛비의 울림도 재미를 더해가는 것 같았습니다.

4

역시나 비가 오던 어느 오후였습니다. 저는 아카사카 (赤坂, 도쿄도 미나토구에 있는 지역)에 있는 A의 집에 갔습니다. 교토에서 가진 우리 모임에 당신도 한 번 와본 적이 있으시죠. 기억하고 계시다면 그때 있던 A가 맞습니다.

올해 4월에는 우리가 도쿄로 떠난 뒤에도 모임을 유지하던 사람들 중 세 명이나 교토를 떠났습니다. 그리고 원래 이야기가 되어 있던 대로 이미 도쿄에 있던 다섯 명과 함께 도쿄에서 모임을 시작했습니다. 그리고 내년 1월부터 동인지를 내기로 하고 그 비용과 원고를 매달 모으기로 했습니다. 제가 A의 집에 간 것은 그 적립금을 전달하기 위해서였습니다.

최근 A는 가족들과 문제가 있었는데, 바로 결혼 때문이었습니다. A가 원하는 길을 간다면 부모님을 버리게 됩니다. 적어도 부모님 입장에서는 그렇습니다. A의 문제에 대해 친구인 저는 어떤 태도를 취할지 정해야 했습니다. 저는 처음에는 그를 진정시키려고 생각했습니다. 적어도 제가 그의 마음을 흥분시키는 존재가 되고 싶진 않았습니다. 문제가 그런 식으로 커질수록 그렇게 해야 한다고 생각했습니다. 하지만 상황이 어떻든 다른 사람의 의견에 흔들리는 인간이 아니라는 사실을 그는 점점 증명해 보였습니다. 평소에 어렴풋하게 알았던 인간의 성격이라는 것이 이런 때 비로소 윤곽을 드러낸다는 것을 저는 그제야 깨달았습니다. 그 역시 이 시련으로 그런 성격이 깊어지겠지요. 저는 이런 것이 아름답다고 생각합니다.

A의 집에 제가 도착했을 때는 우연히 얼마 전에 도쿄로 올라온 친구들이 있었습니다. 그리고 A의 문제로 A와 그의 가족 사이에서 중재하는 사람이 보낸 편지에 대해 의견을 나누고 있었습니다. A는 그 사람들을 두고 잠시 장을 보러 외출한 상태였습니다. 그날도 저는 기분이 아주 우울했습니다. 그 이야기를 들으면서 외톨이가 된 기분으로 입을 다물고 있었습니다. 그러던 중 어떤 계기로 "A의

기분도 잘 알고 있다면서 왜 A의 편에서 애써주지 않는 거지?"라는 말이 나왔습니다. 아주 냉정한 말투였습니다. 그것이 중재자에게 하는 말임은 두말할 것도 없겠지요.

저는 왠지 마음이 찌릿했습니다. 아는 것과 행동하는 것이 일치해야 한다는 강인한 생활 태도가 저를 압박했습니다. 비단 그뿐만이 아닙니다. 저는 마음속으로 은근히 중재자의 태도를 인정하고 있었습니다. 다시 말하면 '그 사람의 기분도 이해한다'라고 생각했기 때문입니다. 양쪽 모두를 알고 있다는 것은 양쪽 모두를 모른다는 것과 같다는 생각이 들어 반성하지 않을 수 없었습니다. 믿고 있던 것이 무너져 내리는, 뭐라고 표현하기 어려운 혐오스러운 느낌이었습니다. A의 부모님조차 저에게 등을 돌릴 것 같았습니다. 한쪽으로 쏠려가는 저의 기분은 본능적으로 반대의 힘과 싸우기 시작했습니다. 그리고 A의 집을 나설 무렵에야 비로소 편안한 마음으로 돌아갈 수 있었습니다. A가 집에 돌아온 후에는 이야기 주제도 바뀌어 오로지 내년의 계획에 대해서만 이야기했습니다. R이 붙인 잡지 이름에 대해 몇 번이고 기뻐하며 그 이름으로 결정될 때까지 고심했던 일을 웃으며 이야기했습니다. 흥미로운 점은 그 이름으로 표현을 얻게 된 우리의 정신이, 이번에는 그 이름으로 다시 고무되어 정리되어 간다는 것입니다.

우리는 A의 집에서 보내준 것으로 저녁을 먹었습니다. 방으로 돌아오니 창문 근처에 있는 떡갈나무의 진한 꽃향기가 방 안을 가득 채우고 있었습니다. A는 제가 이름과 실제 모습을 따로따로 알고 있었던 보리수를 이 창가에서 알려주었습니다. 그리고 저는 모두에게 이쿠라 거리에 있는 나무는 칠엽수라고 알려줬습니다. 며칠 전에 R과 A와 두세 명이 그 아름다운 꽃을 보고 마로니에 꽃이 맞는지 아닌지 다투는 모습을 봤습니다. 저는 그중 한 그루에 매달려 있던 '가로수를 소중히 합시다'라는 푯말을 보고 이름을 알았습니다.

적립금에 대한 이야기를 하면서 저는 그중 한 사람이 그 돈을 내기 위해 일을 하고 있다는 사실을 알았습니다. 부모에게 받은 돈으로 내고 싶지 않다는 것입니다. 새삼스러운 말 같지만 저는 좋은 동료와 일을 하게 되었다는 사실을 깨달았습니다. 기분도 상당히 조화로워졌기 때문에 이 친구의 행위로 나 자신을 책망하는 일은 없었습니다.

잠시 후 우리는 A의 집을 나왔습니다. 밖은 비가 그쳐

상쾌했습니다. 아직 초저녁인 거리를 친구 한 명과 함께 레이난 언덕을 지나 돌아왔습니다. 제가 있는 곳에 들러 책을 빌려 간다고 하더군요. 가는 김에 칠엽수꽃도 보고요. 이 친구는 칠엽수꽃을 볼 기회가 없었기 때문입니다.

저는 길을 걸으며 부르기 어려운 음계를 큰 소리로 불러 친구에게 들려줬습니다. 그 노래를 부를 수 있을 때는 제가 기분이 좋을 때뿐입니다. 우리가 가젠보(我善坊, 도쿄 아자부에 있던 옛 지명) 쪽으로 왔을 때, 한 가지 흥미로운 사건이 발생했습니다. 반딧불이를 잡은 한 남자의 이야기입니다. 그 남자는 느닷없이 "이게 반딧불이입니까?"라고 하며 양손을 살짝 벌려 우리 코앞에 들이밀었습니다. 반딧불이가 그 안에서 아름다운 빛을 밝히고 있었습니다. 묻지도 않았는데 "저기서 잡았습니다"라고 설명을 했습니다. 저와 친구는 얼굴을 마주 보며 어색한 미소를 지었습니다. 그 남자가 어느 정도 멀어진 다음 우리는 웃음을 터뜨렸습니다. "분명 잡고서 엄청 흥분한 거야"라고 내가 말했습니다. 그 남자는 무슨 말이든 하지 않고서는 못 배겼던 것입니다.

이쿠라 거리는 비 온 뒤 아름다움으로 빛나고 있었습니

다. 친구와 함께 올려다본 칠엽수에는 네온처럼 아름다운 꽃이 피어 있었습니다. 저는 다시 오륙 년 전의 저를 되돌아보는 기분이 들었습니다. 제가 자연의 아름다움에 대해 눈뜨기 시작한 것도 그 무렵부터였습니다. 가로등 불빛이 훤히 비쳐 보이는 잎 뒷면의 색은 제가 밤이면 유혹을 느꼈던 여성의 집 근처 작은 공원에도 있었습니다. 저는 그 여성의 집 주위를 돌다가 그 나무 아래 벤치에 앉아서 쉬곤 했습니다.

(나의 아름다움에 대한 열정과 그 여성에 대한 열정이 한 배에서 태어난 쌍둥이라는 사실을 확신하는 지금, 아직 소년이던 제가 저질렀던 절도에 가깝고 사기와도 다름없는 행동을 당신에게 털어놓는다고 해서 후에 곤란한 일은 없을 것입니다. 그 일은 실로 오늘날까지 나의 추억에 드리운 먹구름과도 같았습니다.)

거리를 달리는 전철은 그날 밤 전철 고유의 아름다움으로 제 눈에 비쳤습니다. 비가 갠 후의 공기 속에 창문을 활짝 열어젖히고 승객도 적당히 있는 전철 내부의 불빛은 어두운 길을 지나온 우리 앞을, 마치 행복 그 자체를 이곳으로 운반해 온 것처럼 비추고 있었습니다. 타고 있는 여자도 길에서 언뜻 봤을 뿐인데 아름다워 보였습니다. 몇 대의 전철이 우리 앞을 지나갔습니다. 그 안에는 아름다운 서양인의 모습도 보였습니다. 친구도 그날 밤은 틀림없이 기분이 좋았을 것입니다.

"전철 안에서는 얼굴을 보기 어려운데, 길에서나 스쳐 지나갈 때는 꽤 오랫동안 볼 수 있군"이라고 말했습니다. 무심코 친구가 한 말에 저는 전날 무감각했던 일들을 아름답게 다시 떠올렸습니다.

5

　다음 이야기는 당신에게 이 편지를 쓰려고 마음먹은 날의 일입니다. 저는 오랜만에 수건을 가지고 목욕탕에 갔습니다. 역시 비가 그친 후였습니다. 탱자나무 울타리가 폴폴 기분 좋은 냄새를 풍기고 있었습니다.

　목욕탕에서 가끔 얼굴을 보는 노인과 손녀로 보이는 여자아이를 봤습니다. 가게쓰엔에 데려가고 싶을 정도로 귀여운 아이였습니다. 그날 저는 탕 위에 걸려 있는 페인트 풍경화를 보면서 '온천이 여기 있구나'라는 작은 발견을 하고 미소를 지었습니다. 물은 온천물인데 전기로 물을 데우는 장치가 있었습니다. 한적한 낮에 탕 속에는 젊은 남자 두 명이 몸을 담그고 있었습니다. 제가 그 안에 섞여 약간 몸을 데웠을 때쯤 그 장치가 지지직 작동하기 시작했습니다.

"아, 동력이 들어왔군"이라고 한 남자가 말했습니다.

"동력이 아니야"라고 다른 남자가 말했습니다.

탕에서 나온 저는 여자아이 근처로 자리를 옮겼습니다. 그리고 몸을 씻으면서 가끔 그 여자아이의 얼굴을 보았습니다. 귀여운 얼굴을 하고 있었습니다. 노인은 먼저 자신이 씻은 다음 아이를 씻기기 시작했습니다. 아이는 미숙한 손놀림으로 사용하던 비누 묻은 수건을 노인에게 빼앗겼습니다. 노인이 얼굴을 저쪽으로 돌렸기 때문에 아이가 내 쪽으로 시선을 돌리지 않을까 하고 가만히 아이 얼굴을 보았습니다. 이윽고 그 아이가 제 쪽을 바라봤고 저는 미소를 지었습니다. 그러나 아이는 웃지 않았습니다. 목을 씻을 차례가 되어 눈을 돌리기 어려운데도 눈을 치뜨고 저를 바라보았습니다. 나중에는 '으으으'라고 하면서도 내가 웃는 얼굴을 보려고 억지로 눈을 치떴습니다. 그 '으으으' 하는 소리는 꽤 귀여웠습니다.

"자"라고 갑자기 노인이 아무것도 모른 채 손으로 아이의 고개를 숙였습니다.

잠시 후 아이는 다시 고개를 들었습니다. 저는 그걸 기다리고 있었습니다. 그리고 이번에는 익살스러운 표정을 지어 보였습니다. 그다음 점점 표정을 심하게 일그러뜨렸습니다.

"할아버지." 여자아이가 드디어 입을 열었습니다. 제 얼굴을 보면서요. "이 사람 누구야?" "동네 아저씨지." 노인은 돌아보지도 않고 계속 열심히 아이를 씻겼습니다.

오랜만에 긴 목욕을 한 후 저는 느긋한 마음으로 목욕탕을 나섰습니다. 저는 목욕탕에서 어떤 문제를 생각한 끝에 마음이 가볍고 상쾌해졌습니다. 그 문제는 이렇습니다. 한 친구의 팔에 건강해 보이지 않는 주름이 있었는데, 팔 두께를 비교하다가 제가 지적한 적이 있었습니다. 그랬더니 친구는 "가끔 죽고 싶을 때가 있어"라고 격하게 반응했습니다. 내 몸 어딘가에 흉한 구석이 조금이라도 있는 것이 참을 수 없다는 것입니다. 그건 단순한 주름이었습니다. 하지만 저는 그것이 일시적인 주름이 아니라는 것을 알아차렸습니다. 어쨌든 사소한 일이었어요. 그런데 저는 그때도 뭔가 지쳐 있었습니다. 언젠가 저도 그런 생각을 한 적이 있었을 겁니다. 분명히 있었는데 기억이 나질 않네요. 그리고 그때는 쓸쓸한 기분이 들었습니다. 목욕탕에서 문득 그 일이 떠올랐습니다. 생각해 보면 분명히 저도 그런 적이 있었습니다. 몇 살 정도였는지는 기억나지 않지만 제 얼굴이 못생겼다는 것을 알았을 무렵입니다. 또 하나는 집에 빈대가 생겼을 때입니다. 집 전체를 불에 태워버리고 싶었지요. 그리고 또 한 번은 새 필기장을 처음 쓰기 시작했는데 글씨를 잘못 썼을 때입니다. 필기장을 버리고 싶어지거든요. 이런 일을 생각한 끝에 저는 이 어린 친구가 반성할 수 있도록 소중히 다뤄지고 잘 고쳐진 오래된 물건의 깊이에 대해서 기회가 있으면 말해주고 싶다고 느꼈습니다. 금이 간 곳에 옻칠을 한 다기를 실제로 둘이서 칭찬한 적이 있었습니다.

홍조를 띤 몸은 미세한 혈관까지 희미하게 부풀어 올라 있었습니다. 두 팔을 굽혔다 폈다 하면서 팔뚝과 어깨를 눌러봤습니다. 거울 속 저는 실제 저보다 건강했습니다. 저는 조금 전에 한 것처럼 익살스러운 표정을 지어보았습니다.

히스테리카 파시오(Hysterica Passio, 라틴어, 발작적인 격정). 이렇게 말하고 저는 웃기 시작했습니다.

일 년 중 제가 가장 싫어하는 시기도 이미 지나가고 있습니다. 돌이켜보면 어떻게 해도 마음이 움직이지 않는 날이 많았지만 그 와중에 난키문고(南葵文庫, 기슈 도쿠가와 가문의 당주 도쿠가와 요리미치가 개관한 일본 최초의 근대적 사설 도서관) 정원에서 인동덩굴의 깊은 향기를 경험하기도 했습니다. 레이난 언덕에서 망초의 향기로 여름을 지나 가을이 바로 코앞에 와 있다고 느낀 밤도 있었습니다. 망상으로 스스로를 비굴하게 만들지 않고 싸워야 할 상대와 싸우고 싶습니다. 그리고 그 후에 오는 조화에 만족하고 싶다는 제 바람을 전하고 싶어서 이 편지를 씁니다.

(1925년 10월)

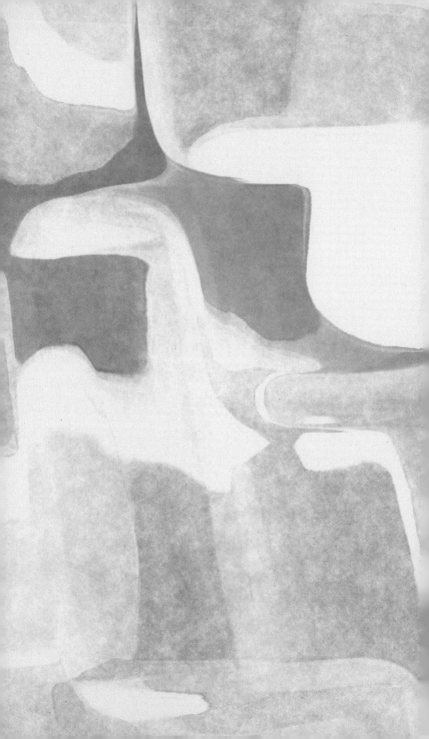

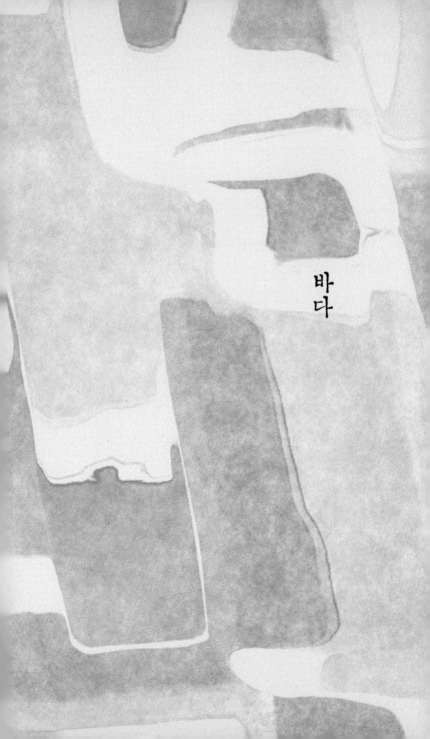

바
다

……할수록 그 속에서 붉은색, 푸른색, 썩은 낙엽색이 솟아난다. 금방이라도 그 기슭에 있는 온천과 항구도시가 목걸이 속에 새겨진 풍경처럼 보이는 게 아닐까 싶을 정도다. 바다의 고요함은 산에서 온다. 마을 뒷산으로 넘어간 해가 그 그림자를 점점 바다로 넓혀간다. 마을도 해변도 지금은 휴식 중이다. 그 색은 점점 더 멀리 바다를 물들여 간다. 먼바다로 나가는 어선들이 그 그림자 속에서 양지 속으로 나아가는 모습을 기다리는 것도 하나의 즐거움이다. 오렌지색이 섞인 약한 햇빛이 배를, 그리고 어부를 잽싸게 물들인다. 보고 있는 나 자신도 호 하고 물든다.

"그런 병약한, 나트륨 냄새 나는 풍경 따위는 질색이야."

"구름과 함께 변해가는 바다의 색을 찬양하는 사람도 있어. 바다 위를 오가는 구름을 온종일 쳐다보는 것도 좋지 않을까? 난 네가 이런 말을 한 것도 기억하고 있는데, 그런 공상을 즐길 마음도 지금의 너에겐 없는 거야?"

너는 말했다. "불과 몇 해리밖에 떨어져 있지 않은 수평선을 보고 '하늘과 바다 사이의 흔들림'과 같은 말을 하면서 끝없이 멀고 넓어 무한하다는 생각을 하는 건 콜럼버스 이전이야. 우리가 바다를 사랑하고 공상을 사랑한다면 그 모든 것은 수평선 너머에 있지. 수평선을 경계로 그쪽으로 미끄러져 내려가는 구면에서부터 정말 아름다운 바다는 시작돼." 너는 말했어.

하와이가 보인다. 인도양이 보인다. 달빛이 쏟아지는 벵골만이 보인다. 지금 눈앞에 있는 것은 그에 비하면 거친 소재일 뿐이다. 그저 지도만 봐서는 이런 공상은 떠오르지 않으니까. 꼭 필요한 공적은 있지만……. 아마 이런 취지였지. 고견이었는데…….

너는 내 기분을 상하게 하려는 거야? 그러고 보니 네 얼굴은 내가 매일 밤 꿈속에서 소리를 지르며 쫓아내는 에비스 사부로와 닮았어. 그런 저속한 생각은 그만두기를.

내가 생각하는 바다는 그런 바다가 아니야. 이미 결핵에 걸려버린 듯한 풍경도 아니고 잘난 체하는 시인 같은 바다도 아니야. 지금이 아마도 근래에 내가 가장 진지해진 순간이 아닐까? 잘 들어봐.

그것은 실로 밝고 쾌활하고 생기가 넘치는 바다다. 아직 피로나 근심과 걱정에 더럽혀진 적 없는 순수하게 밝은 바다다. 유람객이나 병자의 눈에 닳고 닳아 너무 달아져 버린 포트와인 같은 바다가 아니다. 시큼하고 떫고 거품이 생긴 와인같이 아주 깊고 야만적인 바다다. 파도의 물보라가 튀어 오른다. 날카로운 해초의 냄새가 난다. 톡톡거리는 공기, 야수 같은 냄새, 대기가 아닌 바다로 쏟아져 들어오는 밝은 빛. 아, 나는 지금 도저히 마음을 진정하고 이런 이야기를 할 수가 없다. 왜냐하면 그 환영은 나를 괴롭히다가 아주 드물게 전혀 생각지도 못한 순간에만 나타나기 때문이다. 그것은 바위 같은 현실이 갑자기 쪼개져서 그 갈라진 면을 살짝 보여주는 순간이다.

이런 것들을 지금의 내가 어떻게 정밀하게 그려낼 수 있을까. 그래서 잠시 바다의 유래에 대해서 너에게 말할까 한다. 그곳은 우리 집이 아주 잠시지만 살았던 땅이다.

　그곳은 유명한 암초와 섬이 많은 곳이다. 그 섬의 초등학생은 매일 아침 같이 모여 한 척의 배를 타고 항구의 학교로 온다. 집에 갈 때도 같이 만나서 그 배를 타고 돌아간다. 그들은 비가 와도 바람이 불어도 온다. 가장 가까운 섬도 2킬로미터나 된다. 그런 섬에서 자라면 정말 어떨까? 섬사람은 풍속업과 관련해서도 어딘가 다른 점이 있다. 여자가 가끔 집으로 오기도 했는데 그 여자는 낡은 옷이나 천 조각을 가지고 돌아갔다. 그 대신 그런 조각을 끈에 감은 짚신이나 미역 등을 놓고 간다. 수유나무나 소귀나무의 가지를 받은 적도 있다. 하지만 여자는 무엇보다 그 섬의 짙은 분위기를 가지고 왔다. 우리는 항상 강한 호기심으로 그 사람의 겸허한 옷차림을 탐색하고 그 사람의 겸허한 이야기를 넋을 잃고 들었다. 그런데 그렇게 생각을 하면서도 우리는 한 번도 그 섬에 가보지 않았다. 어느 해 여름에 섬 중 한 곳에서 이질이 유행한 적이 있었다. 가까운 섬이었기 때문에 환자를 치료할 막사를 세우는 모습이 잘 보였다. 항상 무언가를 태우고 있었는데, 그 불이 밤에는 기분 나쁘고 무서웠다. 바다에서 헤엄치는 사람은 한 명도 없었다. 파도 사이에 베개 같은 것이 떠 있으면 무서운 것처럼 보였다. 그 섬에는 우물이 하나밖에 없었다.

　암초에 대해서는 한번 이런 일이 있었다. 어느 해 가을, 하루는 밤부터 새벽까지 폭풍우가 휘몰아쳤다. 새벽녘 엄청난 비바람 속에서 요란한 철공소의 비상기적 소리가 울려 퍼졌다. 그때의 비장한 기분을 나는 지금도 기억하고 있다. 집 안이 시끄러워졌다. 사람이 급히 달려왔다. 항구 입구에 있는 암초에 구축함 한 척이 부딪혀 가라앉은 것이다. 철공소 사람들은 작은 증기선을 타고 파도를 피하기 위해 대나무로 된 긴 장대도 준비해서 악천후 속에 구조를 나섰다. 하지만 현장에 가보니 작은 증기선은 파도에 이리저리 떠밀리기만 할 뿐 오히려 구조에 방해가 되었다. 구조를 한 것은 섬의 해녀로 격랑을 헤치며 바다로 뛰어들어 시체를 끌어 올렸고 큰 모닥불을 피워 옆에서 얼어붙은 수병의 몸을 자신들의 체온으로 녹여주었다. 대부분의 수병은 익사했다. 그 익사체의 손톱은 끔찍하게도 모두 벗겨져 있었다고 한다.

　바위를 붙잡으려고 했지만 파도에 떠내려가 버린 지독

한 노력을 보여주는 것이었다.

　암초에 걸린 구축함의 잔해는 산에 올라가서 보면 간조 때 먼바다에 모습을 드러내곤 했다.

(1930년)

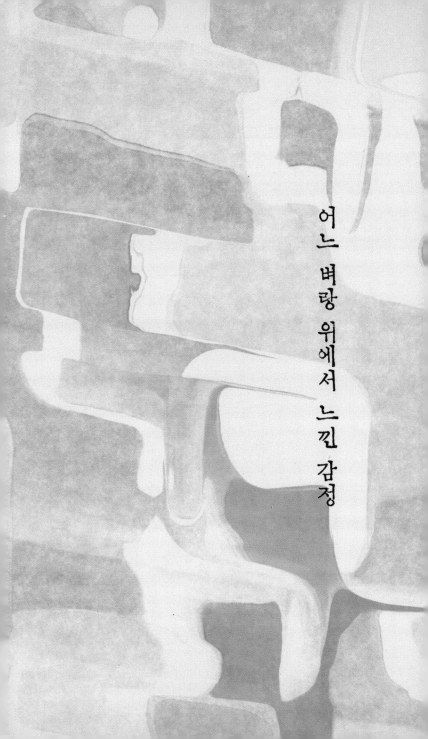

어느 벼랑 위에서 느낀 감정

1

어느 무더운 여름 저녁의 일이었다. 야마노테(에도시대에 주로 쇼군의 신하들이 거주하던 도쿄의 고지대)의 한 카페에서 두 청년이 이야기를 나누고 있었다. 이야기의 내용으로 봐서 딱히 친구는 아닌 것 같았다. 긴자 같은 곳과는 달리 좁은 야마노테의 카페에서는 고독한 손님이 다른 테이블을 쳐다보기도 하면서 시간을 보내는 것이 그렇게 자유롭지 않았다. 그런 부자유스러움이, 그런 좁은 공간에서 생기는 친밀함이 그들을 서로 가깝게 만드는 일이 많았다. 이 두 사람 역시 아무래도 그런 관계인 것 같았다.

한 청년이 맥주의 취기를 어깻죽지로 드러내며 컵 밑바닥 때문에 지저분해진 테이블도 신경 쓰지 않은 채 팔꿈치를 세우고 아까 전부터 거의 혼자 떠들고 있었다. 회반

죽으로 바른 카페 구석에는 낡은 빅터(일본의 전자제품 제조회사) 축음기가 놓여 있었고 닳고 닳은 댄스 레코드가 더위에 숨이 막힐 듯 소리를 내고 있었다.

"원래 나는, 언젠가 친구도 한번 꼭 찍어 말한 적이 있는데, 방랑벽이 있어서 가정을 꾸리지 못하는 기질을 타고난 거 같아요. 그 말을 한 친구는 손금, 특히 서양식 손금을 보는데, 내 손금을 보더니 내 손에 솔로몬의 십자가가 있다고 하는 거예요. 그건 평생 가정을 가지지 못하는 손금이라고 하더라고요. 나는 별로 손금 같은 건 믿지 않지만 그 말을 들었을 때는 가슴이 덜컥했어요. 너무 슬펐거든요."

그 청년의 얼굴에 취기 아래로 잠시 슬픔에 젖은 기색이 드러났다. 그는 맥주를 한 모금 마시고 다시 이야기를 이어갔다.

"그 벼랑 위에 혼자 서서 열려 있는 창문을 하나하나 보다 보면, 나는 항상 그때 그 일이 떠올라요. 나 혼자만 이 세상에 뿌리내릴 곳을 잃어버리고 부초처럼 떠다니는구나. 그리고 언제나 그 벼랑 위에 서서 남의 집 창문만 바라봐야 하는구나. 이것이 바로 내 운명이다. 그런 생각이 들었어요. 그런데 그것보다도 나는 이런 이야기를 하고 싶어요. 그러니까 창문을 바라보는 행위에 원래 사람들을 그런 생각에 빠지게 하는 무언가가 있는 건 아닌지. 누구든 문득 그런 생각에 사로잡히게 만드는 건 아닌지, 뭐 이런 생각이 드는데 어떻게 생각하세요? 그런 생각, 해본 적 없나요?"

다른 한 청년은 별로 취한 것 같지 않았다. 그는 상대방이 지금까지 한 말이 그렇게 재미있는 것 같지는 않았지만, 그렇다고 해서 전혀 흥미가 없는 것 같지도 않은 온화한 표정으로 귀를 기울이고 있었다. 그는 상대방이 자신의 의견을 묻자 잠시 생각을 하는 것 같았다.

"글쎄요. 나는 오히려 반대의 기분을 느낀 경험만 생각나요. 하지만 당신이 느낀 감정은 나도 알 것 같아요. 반대 기분을 느낀 경험을 말하자면 창문 안에 있는 사람을 보면서 그 사람들이 어쩐지 덧없는 운명을 가지고 덧없는 인생을 사는 것같이 보였다는 겁니다."

"그건 그래요. 정말 그래요. 아니, 그건 사실일지도 몰라요. 나도 그런 걸 느꼈던 거 같아요."

취한 남자는 상대방의 말에 굉장히 감탄한 듯이 말하고

는 남은 맥주를 단숨에 마셔버렸다.

"그렇다면 정말 당신도 창문의 대가라고 할 수 있어요. 아니, 나는 실제로 창문이라는 것이 너무 좋아요. 내가 있는 곳에서 항상 다른 사람의 창문을 볼 수 있다면 얼마나 좋을까, 항상 그런 생각을 해요. 그리고 나 역시 창문을 열어두고 누군가의 눈에 항상 내가 보인다는 걸 즐겨요. 어딘가 강가의 레스토랑 같은 곳에서 이렇게 술을 마실 때도 다리 위라든지 반대편 언덕 같은 곳에서 보고 있는 사람이 있으면 얼마나 즐거울까요? 나는 '얼마나 감동적일까'와 같은 짧은 시밖에 모르지만, 실제로 항상 그런 기분이 듭니다."

"그렇군요. 그런데 그건 왠지 재미있을 것 같아요. 정말 여유로운 취미네요."

"하하하, 내가 아까 그 벼랑 위에서 내 방 창문이 보인다고 말했죠? 내 창문은 벼랑과 가까워서 내 방에서는 벼랑밖에 보이지 않아요. 나는 자주 거기서 벼랑길을 지나다니는 사람들을 주의 깊게 보는데, 원래 거의 사람이 다니지 않는 길이고 설사 지나다니는 사람이 있다 해도 나처럼 거기서 오랜 시간 거리를 내려다보는 사람은 한 명도 없습니다. 실제로 나 같은 남자는 어지간히 할 일이 없는 사람이죠."

"저기, 그 레코드 좀 멈춰주세요." 이야기를 듣고 있던 청년이 웨이트리스가 다시 틀기 시작한 '캐러밴' 레코드 쪽을 보며 말했다. "나는 저 재즈라는 게 정말 싫어요. 싫다는 생각이 들면 정말 참을 수가 없어요."

웨이트리스는 아무 말도 하지 않고 축음기를 껐다. 그녀는 단발머리에 얇은 여름 양장 차림을 하고 있었다. 하지만 그 모습에서는 조금도 산뜻함이 느껴지지 않았다. 오히려 생쥐 냄새라도 날 것 같은 지저분한 엑조티시즘이 느껴졌다. 그리고 그것이 이 근처에 많이 사는 수준 낮은 서양인들이 이 카페에 자주 드나든다는 소문을 음침하게 뒷받침하고 있었다.

"저기, 유리 씨. 유리 씨! 생맥주 두 잔."

말을 하던 청년이 친분이 있는 웨이트리스를 무뚝뚝한 손님에게서 구해주려는 듯한 표정으로 그녀 쪽을 돌아봤다. 그리고 바로 이야기를 이어갔다.

"아니, 그런데, 내가 창문을 보는 취미에는 사람들에게는 말하기 힘든 욕망이 있어요. 그건 일반적으로 말하면 다른 사람의 비밀을 몰래 엿본다는 건데, 그게 굉장히 매력적이잖아요. 그런데 나에게는 한 발 더 나가서 사람들의 베드신의 보고 싶다는, 결국은 그런 걸로 귀결되는 것이 아닌가 하는 특이한 집착이 있어요. 아니, 사실 그런 걸 본 적은 없지만요."

"그건 그럴 수 있어요. 고가선을 달리는 국철에는 그런 마니아가 자주 탄다고 해요."

"그래요? 그런 유형의 사람이 있나요? 놀랍네요. 당신은 창문에 대해서 그런 관심을 가진 적이 없나요? 단 한 번도?"

그 청년은 상대방의 얼굴을 가만히 바라보며 대답을 기다렸다.

"내가 그런 마니아에 대해서 말하는 걸 보면 나에게도 많든 적든 그런 지식이 있다고 보면 되겠죠?"

이렇게 말하는 청년의 얼굴에는 얼핏 불쾌한 기색이 보였지만 그렇게 대답하고 다시 아무렇지도 않은 얼굴로 돌아왔다.

"그렇군요. 나는 말이죠, 벼랑 위에서 그런 관심을 가지고 지켜보는 창문이 하나 있어요. 하지만 정말 그런 걸 본

적은 한 번도 없어요. 그런데 실제로 잘 속아 넘어가죠. 하하하, 내가 도대체 어떤 상태이길래 그런 것에 빠져 있는 건지 한번 말해볼까요? 나는 오랫동안 계속 눈을 떼지 않고 그 창문을 보고 있어요. 그런데 계속 보다 보면 너무 열심히 본 탓인지 발에 힘이 빠지기 시작해요. 다리가 흔들거려서 실제로 벼랑에서 떨어질 것 같은 기분이 들어요. 하하하. 그 지경이 되면 나는 거의 꿈을 꾸는 것 같아요. 그리고 이상하게 그럴 때면 꼭 내 귀에 벼랑길을 걷는 사람의 발소리가 들려와요. 그런데 나는 사람이 정말 지나간다 해도 상관없다고 생각해요. 그 발소리는 내 등 뒤로 살며시 다가와 거기서 딱 멈춰버려요. 그건 아마도 내 망상이겠죠. 나는 조용히 다가오는 그 사람이 내 비밀을 알고 있는 것 같다는 생각이 들어서 참을 수가 없어요. 그리고 당장이라도 목덜미가 잡힐까, 당장이라도 벼랑에서 밀려 떨어지는 건 아닐까, 그런 공포로 숨이 멎을 것 같아요. 그런데도 나는 역시 창문에서 눈을 뗄 수 없어요. 그런 때는 이제 어떻게 되어도 상관없다는 기분이 드는 거죠. 한편으로는 그게 내 기분 탓이라는 걸 잘 알고 있기 때문에 그렇게 간이 커지는 건지도 몰라요. 그래도 역시 만에 하나 진짜 사람이 있는 게 아닐까 하는 기분이 항상 듭니다. 이상하지요, 하하하."

말을 하는 남자는 자신의 이야기에 흥분을 느끼며 이번에는 자조적이면서도 악마적이라고 할 수 있는 도전적인 표정을 지으며 상대방의 얼굴을 바라봤다.

"어떻습니까, 이런 이야기는? 나는 이제 사람들의 실제 베드신을 보는 것보다도 이런 나의 상태가 훨씬 매력적으로 느껴집니다. 왜냐하면 내가 보는 어둑어둑한 창문 안이 내가 생각하는 그런 느낌이 아니라는 사실을 어렴풋이 알고 있기 때문이죠. 그런데도 집중해서 그곳을 보고 있으면 그런 생각이 생생하게 떠오릅니다. 그때 내 마음은 뭐라고 표현할 수 없을 정도로 황홀합니다. 이런 일이 어떻게 있을 수 있을까요……. 하하하. 어떻습니까? 지금 같이 거기에 가볼 생각, 있으세요?"

"그건 아무래도 상관없지만 이야기가 점점 점입가경이네요."

이렇게 말하고는 이야기를 듣던 청년이 다시 맥주를 주문했다.

"아, 점입가경이라는 말이 딱 맞네요. 내 이야기는 점점 점입가경의 경지로 들어가고 있어요. 왜냐하면 나에게 창문은 처음에는 그저 재미있는 것에 지나지 않았어요. 그런데 점점 타인의 비밀을 엿본다는 생각을 의식하게 되었어요. 그렇잖아요? 그러자 다음에는 비밀 중에서도 더 비밀스러운 베드신에 관심이 생겼어요. 그런데 봤다고 생각한 그것이 아무래도 착각이라는 생각이 들기 시작했어요. 그리고 그때의 그 황홀한 상태가 결국 모든 것이라는 생각이 들었고요. 그렇지 않나요? 아니, 저기요. 실제로 그 황홀한 상태가 전부인 거예요. 하하하. 헛되고 헛된 황홀함 만세인 거죠. 이 유쾌한 인생에 건배합니다!"

그 청년은 꽤 취한 상태였다. 상대방이 자신의 건배에 응하지 않자 상대방의 컵에 자신의 컵을 거칠게 부딪치고 새로 주문한 맥주를 단숨에 마셔버렸다.

이들이 이런 이야기를 하고 있을 때 문을 열고 두 명의 서양인이 들어왔다. 그들은 들어오자마자 웨이트리스를 향해 야릇한 시선을 보내며 청년들의 옆 테이블에 앉았다. 그들의 눈은 한 번도 청년들을 향하지 않았고, 그렇다고 해서 서로를 쳐다보지도 않았다. 그저 계속 웃으며 그녀를 바라보고 있을 뿐이었다.

"폴린 씨에 시마노프 씨까지! 어서 오세요."

야단스럽게 그들을 맞이하는 웨이트리스의 얼굴에는 갑자기 생기가 돌기 시작했다. 그리고 깔깔 웃으며 이야기를 나누었는데 그녀가 사용하는 말은 서양인이 어느 정도 구사하는 어설픈 일본어로 청년들을 대할 때와는 완전히 다른 매력이 느껴졌다.

"나는 언젠가 이런 소설을 읽은 적이 있습니다."

주로 듣고 있던 청년이 새로운 손님이 만든 분위기를 틈타 이야기를 다시 제자리로 되돌렸다.

"한 일본인이 유럽으로 여행을 떠납니다. 영국, 프랑스, 독일로 꽤 길고 어수선한 여행을 이어가다가 마지막에 빈으로 갑니다. 그리고 도착한 밤에 한 호텔에 묵게 되는데, 밤중에 갑자기 눈을 뜬 후로 다시 잠들지 못하고 심야의 어둠 속에서 여정을 느끼며 창밖을 바라봅니다. 아름다운 별이 빛나는 하늘 아래에 빈 시내가 잠들어 있었습니다. 그 남자는 잠시 동안 그 야경에 취해 있었는데, 그러다가 문득 어둠 속에서 딱 하나 열려 있는 창문을 발견합니다. 그 방 안에는 하얀 시트 같은 것이 뭉쳐진 것을 밝은 등불이 비추고 있었고, 하얀 연기 같은 것이 가늘게 수직으로 피어오르고 있었습니다. 그리고 그 장면이 점점 선명해졌는데, 난데없이 그 남자 앞에 나타난 것은 침대 위에서 원 없이 벌거벗고 있는 남녀였습니다. 하얀 시트처럼 보였던 것은 그들의 몸이었고 조용히 피어오르던 연기는 남자가 침대에서 피우던 시가의 연기였습니다. 그 남자는 그때 이곳은 오스트리아의 고도 빈이다, 그리고 나는 지금 긴 여행의 끝에 드디어 이 고도에 왔다, 이런 생각이 진지하게 들었다고 합니다.”

“그래서요?”

“그래서 조용히 창문을 닫고 자신의 침대로 돌아가 잠이 들었다는 이야기인데, 이것은 꽤 오래전에 읽은 소설인데도 이상하게 잊을 수가 없어서 아직 제 기억 속에 남아 있습니다.”

“좋겠네요, 그 서양인은. 나도 빈에 가고 싶어졌어요. 하하하. 그것보다도 지금 나와 같이 벼랑까지 가보지 않을래요? 네?”

술에 취한 청년은 열심히 상대방을 설득했다. 하지만 상대방은 그저 웃기만 할 뿐 넘어가지 않았다.

2

　이쿠시마(취해 있던 청년)는 그날 밤 늦게 자신이 세 들어 살고 있던 벼랑 아래 집으로 돌아왔다. 그는 문을 열었을 때 습관처럼 뭐라고 설명할 수 없는 우울함을 느꼈다. 그것은 그가 그 집에서 자고 있을 주부를 떠올렸기 때문이다. 이쿠시마는 그 마흔이 넘은 과부 '아주머니'와 아무런 애정도 없는 육체관계를 이어가고 있었다. 자식도 없고 남편과도 사별한 그 여자에게는 어딘지 모르게 체념한 것 같은 고요함이 있었다. 그래서 그런 관계가 되고 난 후에도 특별히 예전과 다름없는 냉담한 혹은 친절한 태도로 그를 대했다. 이쿠시마는 자신이 애정이 없다는 사실을 굳이 숨길 필요도 없었다. 그가 '아주머니'를 불러서 잠자리를 한다. 그 후에 그녀는 바로 자신의 방으로 돌아간다.

이쿠시마는 처음에는 자신들의 관계를 담담하고 편안하다고 느꼈다. 그런데 곧 그는 참을 수 없는 혐오감을 느끼기 시작했다. 그가 편안함을 느끼던 이유가 이제는 반대로 혐오감의 이유가 되었기 때문이다. 그녀의 살갗에 닿을 때 아무런 감동도 느끼지 못했고 껍질만 남은 것 같은 기분 역시 사라지지 않았다. 생리적인 결말은 있어도 자신의 상상을 만족시킬 만한 것은 없었다. 그것이 점점 그의 마음을 무겁게 짓눌렀다. 그는 기분 좋게 거리에 나가도 자신에게 쭈글쭈글해진 오래된 수건에서 나는 냄새가 배어 있을 것 같은 기분을 지울 수 없었다. 얼굴에도 왠지 모르게 불쾌한 선이 생겨서 다른 사람의 눈에도 그가 빠져 있는 지옥이 보일 것 같은 불안이 끊임없이 따라다녔다. 그리고 그 아주머니의 체념한 것 같은 태연함이 극도로 초조하게 혐오감을 자극했다. 하지만 그 화가 나고 답답한 마음을 아주머니에게 분출할 수는 없었다. 그가 지금이라도 당장 나간다고 말해도 그녀는 불평 한마디 하지 않을 것을 잘 알고 있었다. 그렇다면 왜 나가지 않는 것인가. 이쿠시마는 그해 봄에 대학교를 졸업하고 아직 취직을 하지 못했다. 고향에는 열심히 취업 준비를 하고 있다고 말해놓고 하루하루를 완전히 무기력하고 권태롭게 보내는 인간이었다. 사소한 일조차 귀신에라도 홀린 듯 의지가 사라지고 없었다. 그가 뭔가를 하려고 생각하는 것은 뇌세포의 의지를 자극하지 않는 부분을 통해 빠져나가는 것 같았다. 결국 그는 아무리 시간이 흘러도 변하지 않았다.

아주머니는 이미 잠들어 있었다. 이쿠시마는 삐걱거리는 계단을 올라 자신의 방으로 들어갔다. 그리고 유리창을 열고 후덥지근한 초저녁 공기를 시원한 밤공기로 바꿨다. 그는 앉아서 벼랑 쪽을 보고 있었다. 벼랑길은 너무 어두워서 딱 하나 있는 전신주의 불빛으로만 그 모습을 확인할 수 있었다. 그곳을 바라보며 그는 오늘 밤 카페에서 이야기를 나누었던 청년을 떠올렸다. 자신이 몇 번이나 같이 가자고 말했지만 그 남자는 응하지 않았다. 하지만 그에게 종이에 연필로 벼랑길의 지도까지 그려서 집요하게 알려주었다. 그리고 그 남자의 완고하게 거부하던 태도에도 불구하고 왠지 모르게 그 남자에게도 자신과 같은 욕망이 분명히 있다고 믿었다. 이런 것을 떠올리며 그의 눈은 자신도 모르게 혹시나 하는 기대감으로 어둠 속에서 하얀 사람의 그림자를 찾고 있었다.

그는 다시 그 벼랑 위에서 보던 그 창문에 대해서 생각했다. 그 안으로 보이는 반쯤은 망상이고 반쯤은 현실인 남녀의 모습은 얼마나 정열적이고 욕정적인가. 그 모습을 넋을 잃고 바라보는 자신 역시 얼마나 큰 정열과 욕정을 느끼는가. 창문 안의 두 사람은 마치 그의 호흡을 호흡하는 것 같았고, 그 또한 두 사람의 호흡을 호흡하는 것 같았다. 그는 이런 생각을 하며 그때의 황홀한 마음에 취했다.

'그에 비하면 나는……' 하고 그는 생각했다.

'내가 아주머니를 대할 때는 어떤가. 나는 마치 나쁜 암시에 걸린 것처럼 흥이 깨지고 만다. 왜 그녀를 대할 때는 벼랑 위에서 느낀 도취감의 10분의 1도 느껴지지 않는 것일까? 나의 이런 마음이 전부 창문 안쪽으로 빨려 들어간 게 아닐까? 이런 방식으로밖에 성욕을 느낄 수 없게 되어버린 게 아닐까? 아니면 그녀라는 대상이 애초에 나에게는 잘못된 방식인 걸까?'

'하지만 나에게는 아직 하나의 공상이 남아 있다. 이제 남은 건 그 공상 하나뿐이다.'

책상 위 스탠드 전등에는 어느샌가 벌레가 가득 모여

있었다. 그 광경을 본 이쿠시마는 스탠드 줄을 잡아당겨서 전등을 껐다. 그는 이런 작은 일조차 습관적으로 반대하는 것이다. 벼랑 위에서 내려다본 곳에서 일어났을 것 같은 하나의 변화가 마음을 언뜻 스쳐갔다. 방이 어두워지니 밤공기가 더 시원해졌다. 벼랑길도 더 어두워졌다. 하지만 그곳에서 여전히 사람의 흔적은 찾을 수 없었다.

그에게 남은 하나의 공상은 그가 아주머니와 잠자리를 할 때 불시에 떠오르는, 방의 창문을 활짝 열어버리는 공상이었다. 물론 그는 그때 누군가 그 벼랑길에 서서 그들의 창문을 바라보며 그들의 모습을 알아채고 자극을 받는 모습을 생각한다. 그러면 그 자극을 통해 아무런 감동도 없는 그들의 현실에서도 어떤 만족감을 느낄 수 있지 않을까 생각했다. 그런데 그는 그저 창문을 열어 벼랑길에서 자신들을 볼 수 있게 만드는 것만으로도 신선한 자극을 느꼈다. 그는 마치 얇은 칼로 등을 쓸어내리는 듯한 전율을 상상했다. 그뿐만이 아니다. 그것이 얼마나 그들의 추한 현실에 대한 반역인지를 상상하는 것이다.

'도대체 나는 오늘 밤에 그 남자를 어떻게 하려고 했던 것일까…….'

이쿠시마는 벼랑길의 어둠 속에서 자신도 모르게 기다리던 것이 그 청년의 모습이었다는 사실을 깨닫자 갑자기 정신이 들었다.

'나는 처음에는 그 남자에게 엄청난 호감을 느꼈다. 그래서 창문 이야기 같은 걸 꺼내서 같이 이야기를 나누려고 했다. 그런데 지금은 왜 그 남자를 내 욕망의 꼭두각시로 만들려고 했다는 생각이 드는 걸까? 나는 내가 사랑하는 것을 타인도 분명 사랑할 것이라는 호의로 말했다고 생각했다. 하지만 조금은 강압적인 그 태도 속에는 내가 가진 욕망을 상대방의 신체에 덧씌워서 나와 똑같은 인간으로 만들려고 한 의도가 부지불식간에 있었다는 생각이 든다. 그리고 지금 나는 그런 욕망에 자극을 받아 벼랑길로 올라오는 그 남자를 기다리고 있다. 내가 상상한 것은 우리의 추악한 현실의 창문을 열어 벼랑길에 보여주는 것이었다. 내 비밀스러운 마음속 공상이 나와는 관계없이 자신의 의지로 착실히 계획을 실천에 옮기려는 것 같은. 그런데 이런 일이 과연 가능한 것일까? 그렇지 않으면 이런 반성조차 이미 예상된 일이 아니었을까? 지금 만약 그 남자의 그림자가 그곳에 나타난다면 결국 뒤에서 비웃으

려고 했던 건 아닌지…….'

　이쿠시마는 점점 뒤얽히는 머리를 흔들며 불을 켜고 이
불을 폈다.

3

이시다(주로 이야기를 듣던 청년)는 어느 날 밤, 그 벼랑 쪽으로 산책을 나갔다. 그는 평소 걷던 길에서 이쿠시마가 알려준 길로 처음 발걸음을 옮겼을 때, 이런 곳이 자신의 집 근처에 있었다는 사실에 놀랐다. 원래 그 주변은 구릉과 골짜기가 많은 지형이었다. 동네의 고지대에는 황족과 화족의 저택이 자리 잡고 있었다. 훌륭한 대문을 가진 이 집들은 밤이 되면 고풍스러운 가스등이 켜지는 조용한 길을 사이에 두고 늘어서 있었다. 깊은 나무숲 안에는 교회의 첨탑이 우뚝 솟아 있었고 외국 공사관의 깃발이 빌라풍의 지붕 위에서 휘날리고 있었다. 하지만 골짜기 쪽에는 음울하고 스산한 집들이 일반 통행인들을 위한 길은 아닌 듯한 좁고 험한 길을 가린 채 곧 쓰러질 것 같은 모습을 하고 있었다.

이시다는 그 길을 걸으며 누군가에게 비난을 받을 것 같은 찝찝한 기분을 느꼈다. 왜냐하면 그 길가의 집들이 전부 공공연하게 창문을 열어놓았기 때문이다. 집 안에서는 옷을 벗고 상반신을 드러낸 사람이 보이기도 하고 괘종시계가 울리기도 하고 무미건조하게 모깃불이 피어오르기도 했다. 게다가 처마에 달린 등에는 항상 그렇듯 도마뱀이 붙어 있어서 그를 기분 나쁘게 만들었다. 그는 몇 번이나 막다른 길에 다다랐는데 그때마다 자신의 발걸음에 떳떳하지 못한 기분을 느끼며 가까스로 벼랑을 따라 나 있는 길에 들어섰다. 조금 더 걸어가자 인가가 끊겼고 길도 어두워졌으며 겨우 전등 하나만이 발밑을 비추고 있었다. 이쿠시마가 가르쳐준 장소에 도착한 것 같았다.

그곳에 서니 역시 벼랑 아래의 마을이 한눈에 들어왔다. 그리고 몇 곳의 창문이 눈에 들어왔다. 그것은 그가 알고 있던 마을의 생각지도 못한 풍경이었다. 그는 어렴풋한 여정 같은 감정이 주위에 강하게 풍기는 황무지의 들국화 향기와 섞여서 자신의 마음을 물들이고 있다는 것을 느꼈다.

한 창문으로는 티셔츠를 입고 재봉틀 페달을 밟는 남자가 보였다. 지붕 위의 어둠 속에 희읍스레하게 널려 있는 세탁물 같은 것이 많이 보이는 것을 보면 그곳은 세탁소 같았다. 또 다른 창문에서는 라디오 수신기를 귀에 대고 집중해서 라디오를 듣고 있는 사람의 모습이 보였다. 그 열중하는 모습을 보고 있으니 자신의 귀에도 그 작은 라디오 소리가 들려오는 것 같았다.

그가 지난밤에 취해 있던 청년에게 창문 안에서 서 있거나 앉아 있는 사람들의 모습이 모두 덧없는 운명을 짊어지고 사는 것 같이 보인다고 말한 것은 그가 마음속에 어떤 풍경을 떠올렸기 때문이다.

그의 시골집 앞길에는 볼품없는 여관이 하나 있었다. 그 2층 난간 안쪽에서 여행객들이 길을 떠나기 전에 아침밥을 먹곤 했는데 그 모습이 길거리에서도 보였다. 그 안에서 봤던 하나의 풍경이 왠지 모르게 그의 마음속에 강렬하게 새겨졌다. 그것은 쉰 정도 되어 보이는 한 남자가 얼굴빛이 좋지 않은 네 살 정도의 남자아이와 아침 밥상 앞에 마주 보고 앉아 있는 모습이었다. 그 얼굴에는 속세의 괴로움과 우울함이 엿보였다. 그는 한마디도 하지 않고 젓가락을 움직였다. 얼굴빛이 좋지 않은 아이도 조용히 익숙하지 않은 손놀림으로 밥을 급하게 먹고 있었다. 그는 이 장면을 보며 보잘것없어진 남자의 모습을 느꼈다. 그 남자의 아이에 대한 사랑을 느꼈다. 그리고 그 아이가 어린 마음에도 포기해야만 하는 그들의 운명을 알고 있는 것 같아 견딜 수가 없었다. 방 안에는 신문 부록 같은 것을 찢어진 맹장지 위에 붙여놓은 것이 보였다.

그것은 그가 휴가 때 고향에 내려가서 머물던 어느 아침의 기억이었다. 그는 그때 자신이 하마터면 눈물을 흘릴 뻔했다는 사실이 떠올랐다. 그리고 그는 지금도 그 기억을 마음속 깊은 곳에서 꺼내보며 눈앞의 거리를 바라보고 있었다.

특히 그에게 그런 기분이 들게 한 것은 한 연립주택의 창문이었다. 어떤 창문 안에는 낡은 모기장이 쳐져 있었고, 그 옆집 창문 안에는 한 남자가 멍하게 난간으로 몸을 내밀고 있었다. 또 그 옆집 창문, 가장 잘 보이는 창문 안에는 옷장 같은 것이 있고 벽 옆에 등불이 켜진 불단이 놓여 있었다. 이시다에게는 그들의 방 사이를 가르고 있는 벽이라는 것이 어딘가 허무하고 슬프게 보였다. 만약 그곳에 살고 있는 누군가가 이 벼랑 위로 올라와 그 벽을 바라본다면 자기들이 안심하고 사는 가정이라는 개념이 얼마나 무력하고 무상하다고 느낄지, 이시다는 이런 생각을 했다.

또 다른 곳에는 어둠 속에서 눈에 띄게 밝게 빛나는 창문 하나가 열려 있었다. 그 안에는 머리가 벗어진 노인이 재떨이를 앞에 두고 손님처럼 보이는 남자와 마주하고 있는 모습이 보였다. 잠시 동안 그곳을 보고 있으니, 계단을 올라가는 입구인 듯한 방구석에서 일본풍으로 머리를 묶은 여자가 마실 것을 쟁반에 받치고 나타났다. 그러자 그 방과 벼랑 사이의 공간이 갑자기 한 번 흔들렸다. 여자가 나타나면서 밝은 전등의 빛을 갑자기 가렸기 때문이다. 여자가 앉아 마실 것을 권하자 손님 같아 보이는 남자가 머리를 조아리는 모습이 보였다.

이시다는 연극이라도 보는 기분으로 그 창문을 바라보다가 문득 전날 밤에 만난 청년이 한 말이 떠올랐다. 그리고 점점 타인의 비밀을 엿본다는 사실을 의식하기 시작했다. 그 비밀 중에도 특히 베드신에 대한 비밀이 알고 싶어졌다.

'어쩌면 그럴지도 모르지' 하고 그는 생각했다. '하지만 지금 내 눈앞에 그런 창문이 열려 있다면 나는 그 남자처럼 욕정을 느끼는 것이 아니라 오히려 인생의 무상함을 느끼지 않을까?'

그는 잠시 그 남자가 벼랑 아래로 보인다고 말한 창문을 찾았지만 어디에도 그런 창문은 없었다. 그는 잠시 뒤 벼랑 아래 마을을 향해 걷기 시작했다.

4

　'오늘 밤에도 왔군.' 이쿠시마는 벼랑 아래 자신의 방에서 벼랑길 어둠 속으로 보이는 사람을 보며 생각했다. 그는 며칠 밤 동안 그 사람의 모습을 확인했다. 그때마다 이쿠시마는 그 사람이 카페에서 함께 이야기를 나눈 청년이 틀림없다고 생각하며 자신의 마음속에서 그리던 공상이 떠올라 전율을 느꼈다.

　'저것은 내 공상이 만들어낸 사람이다. 나와 같은 욕망 때문에 벼랑 위에 서게 된 나의 또 다른 인격이다. 내가 좋아해서 자주 가는 장소에 서 있는 나의 다른 인격을 이렇게 바라보는 공상은 얼마나 어둡고도 매혹적인가. 나의 욕망은 드디어 나에게서 분리되었다. 이제 이 방에는 전율과 황홀함만 남았다.'

어느 날 밤, 이시다는 며칠째 벼랑 위에 올라가 마을을 내려다봤다.

그가 바라보던 것은 한 산부인과 병원의 창문이었다. 그 건물은 병원이라고는 하지만 그렇게 훌륭한 건물은 아니었고 낮이 되면 지붕 위로 '임산부 진료 봅니다'라는 간판이 보이는 변변치 않은 서양식 가옥이었다. 창문은 열 개 정도 있었는데, 어떤 것은 밝고 어떤 것은 어둡게 닫혀 있었다. 깔때기 모양의 전등 덮개가 방 안의 명암을 가르는 창문도 있었다.

이시다는 그중 하나의 창문 안에서 몇몇 사람이 침대를 둘러싸고 서 있는 광경을 보게 되었다. 이렇게 늦은 밤에 수술이라도 하는 걸까. 하지만 그 사람들에게서 그런 기색은 느껴지지 않았고 계속 침대 옆에서 꼼짝하지 않고 서 있었다.

잠시 동안 쳐다보다가 그는 또 다른 창문으로 눈을 돌렸다. 오늘 밤 세탁소 2층에서는 재봉틀을 돌리는 남자의 모습은 보이지 않았다. 역시 많은 세탁물이 희뿌옇게 어둠 속에 널려 있었다. 대부분의 창문은 여느 밤처럼 열려 있었다. 카페에서 만난 남자가 말한 창문은 여전히 보이지 않았다. 이시다는 역시 마음속 어딘가에서 그 창문을 보고 싶다는 욕망을 느꼈다. 그것은 노골적이지는 않았지만 그가 며칠 밤이나 이곳에 온 것은 그런 마음이 어느 정도 있었기 때문이다.

그가 별 생각 없이 벼랑 아래 가까이 있는 창문 안을 들여다봤을 때, 그는 어떤 예감을 느끼고 마음이 덜컥했다. 그리고 그것이 확실히 자신이 비밀스럽게 바라던 풍경이라는 것을 아는 순간, 그의 심장은 갑자기 빠르게 뛰기 시작했다. 그는 계속 쳐다볼 수가 없어서 이따금 눈을 다른 곳으로 돌렸다. 그리고 그가 문득 조금 전의 병원을 쳐다봤을 때, 그는 다시 이상한 광경에 깜짝 놀라 눈이 휘둥그레졌다. 침대 주변을 둘러싸고 서 있던 조금 전 그 사람들이 어느 순간 한꺼번에 움직였기 때문이다. 그것은 무엇인가에 소스라치게 놀란 움직임처럼 보였다. 그리고 양복을 입은 한 남자가 사람들에게 고개를 숙이는 모습이 보였다. 이시다는 그곳에서 일어난 일이 한 인간의 죽음을 의미한다는 사실을 직감했다. 그는 순간 날카로운 충격을 받았다. 그리고 그의 눈이 다시 벼랑 아래 창문으로 향했을 때 그곳에서 보이는 광경은 조금 전과 같았지만 그의 마음은 조금 전과 같지 않았다.

그것은 인간의 기쁨이나 슬픔을 초월한 어떤 엄숙한 감정이었다. 그가 생각하던 '인생의 무상함'이라는 감정을 넘어선 어떤 의지력이 느껴지는 무상함이었다. 그는 고대 그리스의 풍습을 떠올렸다. 죽은 자를 눕히는 석관의 표면에 음탕한 장난을 치는 사람의 모습이나 암양과 성교를 하는 목양신의 모습을 새기던 그리스인의 풍습을……. 그리고 생각했다.

'그들은 모른다. 병원 창문 안 사람들은 벼랑 아래 창문을. 벼랑 아래 창문 안 사람들은 병원 창문을. 그리고 벼랑 위에 이런 감정이 있다는 것도…….'

『문예도시(文芸都市)』 1928년 7월호

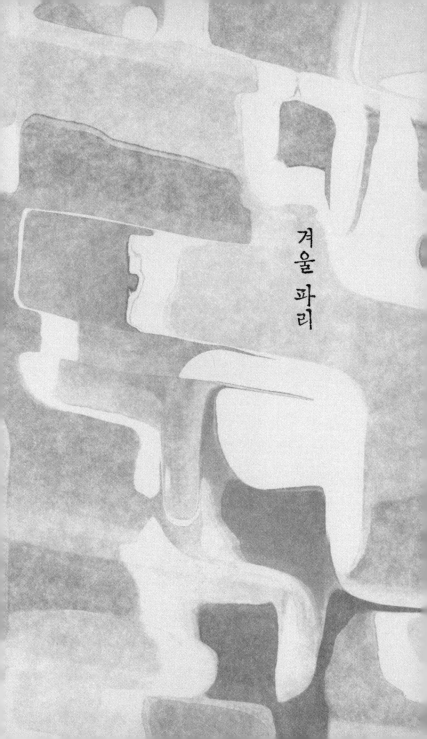

겨울
파리

겨울 파리란 무엇일까?

비실비실 걷는 파리. 손가락을 가까이 가져가도 도망가지 않는 파리. 날지 못하는 것인가 하고 생각하고 있으면 역시 날아가는 파리. 그들은 도대체 어디에서 여름철의 뻔뻔함과 밉살스러울 정도의 민첩함을 잃어버리고 온 것일까. 색은 선명하지 않은 검푸른 빛을 띠고 몸통과 팔다리는 위축되어 있다. 더러운 내장으로 팽팽하던 배는 종이를 비벼서 꼬아 만든 끈처럼 바싹 말라 있었다. 그런 그들이 우리가 눈치채지 못하게 이부자리 같은 곳을 쇠약해진 모습으로 기어 다니고 있다.

겨울부터 초봄까지 사람들은 그런 파리의 모습을 몇 번쯤은 보았을 것이다. 그것이 겨울의 파리다. 나는 지금 이

겨울 동안 내 방에서 살았던 그들의 이야기를 한 편의 소설로 쓰려고 한다.

~ 1 ~

　겨울이 되어 나는 일광욕을 시작했다. 골짜기에 자리
잡은 온천 여관이기 때문에 해가 잘 들지 않았다. 골짜기
의 풍경은 늦은 아침까지는 그늘 속에 말갛게 존재했다.
10시쯤이 되면 골짜기 맞은편 산에 가려져 있던 햇빛이
반짝거리며 나의 창문을 비추기 시작한다. 창문을 열고
올려다보면 골짜기의 하늘에는 등에와 벌이 햇빛에 반짝
이며 바쁘게 날아다닌다. 하얗게 빛나는 거미줄이 활 모
양으로 부풀어 올라 몇 가닥이고 수없이 흘러간다. (그 실
위에는 아주 작은 선녀! 거미가 타고 있다. 그들은 그렇게 자신
들의 몸을 골짜기의 이쪽 기슭에서 저쪽 기슭으로 옮기는 것 같
았다.) 곤충. 곤충. 초겨울이라고는 하지만 그들의 활동
무대는 하늘인 듯하다. 햇빛이 떡갈나무의 나뭇가지 끝에

걸리기 시작한다. 그러자 그 나뭇가지 끝에서는 하얀 수증기 같은 것이 피어오르기 시작한다. 서리가 녹는 것일까? 녹은 서리가 증발하는 걸까? 아니, 그것도 곤충이다. 미립자 같은 날벌레가 무리지어 있다. 그곳에 햇빛이 비친 것이다.

나는 활짝 열어둔 창문 안에서 반나체로 햇볕을 쬐며 앞바다처럼 활기찬 골짜기의 하늘을 바라보고 있었다. 그러자 그들이 날아왔다. 그들은 내 방 천장에서 날아왔다. 그늘에서 비실거리던 그들은 빛 속으로 내려오자마자 마치 되살아난 것처럼 활기를 띤다. 내 정강이에 오싹하게 내려앉기도 하고 양다리를 올려 겨드랑이 아래를 긁는 시늉도 하고 손을 비비는 것 같기도 하더니 바로 연약한 몸으로 날아올라 서로 뒤얽히기도 한다. 그런 그들을 보고 있으면 그들이 얼마나 햇빛을 즐기고 있는지 애처로울 정도로 이해가 된다. 어쨌든 그들이 신나는 표정을 짓는 것은 햇빛이 드는 곳뿐이다. 그들은 창문이 열려 있는 동안은 양지 밖으로는 한 발짝도 나가려고 하지 않는다. 해가 질 때까지 움직이는 양지를 따라다니며 논다. 등에와 벌이 그렇게도 발랄하게 날아다니는 바깥 공기 속으로는 절대 나가려고 하지 않고 왜인지 병자인 내 흉내를 내는 것 같다. 하지만 이 무슨 '살고자 하는 의지'란 말인가! 그들은 햇빛 속에서 교미하는 일도 잊지 않는다. 아마도 말라서 죽기 직전인 그들이!

일광욕을 하면서 내 옆에 있는 그들을 보는 것은 내 일과가 되어 있었다. 나는 조금의 호기심과 일종의 친밀함에서 그들을 죽이지는 않았다. 또 여름처럼 사나운 파리잡이거미가 나타나는 일도 없었다. 그런 외부의 적들로부터는 안전하다고 할 수 있다. 하지만 그들은 매일 두 마리 정도씩 사라졌다. 이유는 다른 것이 아니었다. 우유병 때문이었다. 나는 마시다 만 우유병을 햇빛이 드는 곳에 그대로 놔둔다. 그러면 매일 약속이라도 한 듯 거기로 들어가 나오지 못하는 녀석이 생겼다. 아무리 병 안쪽에서 우유가 묻은 몸을 질질 끌고 올라와도 힘이 없는 그들은 도중에 떨어지고 만다. 이따금 그 모습을 바라보면서 '이제 떨어질 땐가' 하고 생각하면 파리도 '아, 이제 떨어질 거 같아'라고 생각하는 듯 움직임을 멈췄다. 그리고 아니나 다를까 아래로 떨어졌다. 그 모습을 보고 있으면 잔혹하다는 생각이 들기도 했다. 하지만 권태감에 빠져 있는 나로서는 구해줘야겠다는 마음이 들지는 않는다. 그들은 그대로 여종업원이 치워버린다. 뚜껑을 덮어두는 정도의 주의조차 기울이기 어렵다. 다음날이 되면 또 꼭 한 마리씩은 들어가서 똑같은 일이 일어난다.

'파리와 일광욕을 하는 남자', 지금 여러분의 눈에는 분명 이런 이미지가 떠오를 것이다. 일광욕에 대해서 쓰는 김에 나는 또 다른 하나의 표상 '일광욕을 하면서 태양을 증오하는 남자'에 대해서 써보려고 한다.

나는 이곳에서 두 번째 겨울을 맞이했다. 나는 내가 원해서 이런 산속에 와 있는 것이 아니었다. 나는 빨리 도시로 돌아가고 싶다. 돌아가고 싶다고 생각하면서도 두 번의 겨울을 여기서 보내게 된 것이다. 아무리 시간이 흘러도 나의 '피로'는 나를 해방시켜 주지 않았다. 내가 도시를 생각할 때마다 나의 '피로'는 절망으로 가득 찬 거리를 떠올린다. 그것은 아무리 시간이 흘러도 변하지 않는다. 그리고 처음에 마음속으로 결정한 도시로 돌아가는 날짜는 이미 예전에 지나버린 채로 지금은 그 자취도 형태도 사라졌다. 나는 햇볕을 쬐고 있어도, 아니, 햇볕을 쬘 때 특히 더 태양을 증오했다. 결국은 나를 살려두지 않을 태양. 황홀한 삶의 환영으로 나를 기만하려는 태양. 아, 나의 태양. 나는 구질구질한 애정처럼 태양이 비위에 거슬렸다. 털옷처럼 부드러운 햇빛은 오히려 구속복처럼 나를 압박했다. 미치광이 같은 번민으로 그것을 찢고 나를 죽일 혹한 속의 자유를 나는 끊임없이 갈망했다.

이런 감정은 일광욕을 할 때 몸에서 생기는 생리적인 변화, 예를 들면 원활해지는 혈액순환이라든지 그에 따라 둔해지는 두뇌라든지, 이런 것들에 확실히 그 원인이 있었다. 날카로운 비애를 무디게 하고 마음을 따뜻하게 만드는 즐거운 쾌감은 동시에 무겁게 짓누르는 불쾌감이다. 이 불쾌함은 일광욕이 끝난 후에 뭐라고 표현할 수 없는 허무한 피로로 병자를 완패시킨다. 아마도 그에 대한 혐오에서 나의 이런 증오심이 생겨난 것인지도 모른다.

하지만 나의 증오는 그뿐만이 아니라 태양이 풍경에 미치는 효과, 즉 눈으로 보이는 효과 위에서도 생겨났다.

내가 마지막으로 도시에 있었을 때, 그건 동지가 막 지났을 때였는데 이때 나는 매일 내 창문 속 풍경에서 사라져가는 햇빛에 대해 무한한 애착을 가지고 있었다. 나는 치밀어 오르는 회한과 초조함으로 먹물처럼 풍경을 메워

가는 그림자를 바라봤다. 그리고 지는 해를 보고 싶다는 절실함으로 앞날을 알 수 없는 거리를 헤매고 다녔다. 지금의 나에게 더 이상 그런 애정은 없다. 햇빛이 비추는 풍경이 상징하는 행복한 감정을 부정하는 것이 아니다. 그 행복이 이제는 나를 아프게 한다. 나는 그것을 증오하는 것이다.

골짜기 맞은편에는 삼나무 숲이 산 중턱을 덮고 있다. 나는 태양광선의 기만을 항상 그 삼나무 숲에서 느낀다. 낮에 햇빛이 비칠 때 그곳은 그저 어수선한 삼나무 잎들의 퇴적이라고밖에 할 수 없다. 그런데 저녁이 되어 빛이 하늘에서 반사광선으로 바뀌면 확실히 원근이 나눠졌다. 한 그루 한 그루의 나무가 거역하기 어려운 위엄을 드러내며 조용히 또 빽빽이 늘어선다. 그리고 낮에는 느낄 수 없었던 지역이 여기저기 삼나무 사이로 상상이 된다. 골짜기 쪽에는 떡갈나무와 모밀잣밤나무 같은 상록수 사이로 낙엽수 한 그루가 앙상한 가지에 주홍색 열매를 매달고 서 있었다. 그 색은 낮에는 하얀 가루가 불어온 것처럼 지쳐 보인다. 그런데 저녁이 되면 눈을 뗄 수 없을 만큼 선명하고 또렷해진다. 원래 하나의 사물에 하나의 고유의 색채만 있는 것은 아니다. 그렇다고 내가 이런 이유 때문에 그것을 기만이라고 부르는 것은 아니다. 하지만 직사광선에는 편파적인 성질이 있어서 하나의 물상의 색과 그 주변의 색이 만들어내는 조화로운 그러데이션을 깨버린다. 그뿐만이 아니다. 전반사라는 것이 있다. 음지는 양지와의 대조로 어둠이 되어버린다. 얼마나 잡다하고 혼탁한가. 그리고 이런 모든 것이 햇빛이 비추는 풍경을 만들어 낸다. 그곳에는 감정의 이완, 신경의 둔화, 이성의 기만이 존재한다. 이것이 햇빛이 상징하는 행복의 내용이다. 아마도 이 세상이 생각하는 행복이 이것들을 조건으로 생각하는 것처럼……

나는 이전과는 반대로 골짜기를 차갑게 가라앉히는 저녁을, 아주 잠깐의 시간 동안만 지상에 머무는 해 질 녘의 엄숙한 관례를 기다리게 되었다. 그것은 해가 지상을 떠난 뒤에 길 위의 물웅덩이를 하얗게 빛나게 만들며 하늘에서 내려오는 반사광선이다. 설사 사람들이 그 안에서 행복하지 않다고 해도 그곳에는 나의 눈을 맑게 하고 마음을 투명하게 만드는 풍경이 있었다.

"속된 햇빛! 빨리 사라져 버려라. 아무리 네가 풍경에

애정을 주고 겨울 파리에 활력을 불어넣어도 나를 바보로 만들 수는 없다. 나는 네 제자인 외광파(실내가 아닌 야외의 자연광 아래에서 그림을 그린 화가들)에 침을 뱉을 것이다. 나는 이번에 만나면 의사에게 항의를 하겠어."

햇볕을 쬐면서 나의 증오는 점점 더 커졌다. 하지만 이 무슨 '살고자 하는 의지'란 말인가. 햇빛 속의 파리들은 영원히 그들의 즐거움을 버리지 않는다. 병 안의 녀석도 영원히 기어오르다가 떨어지고 기어오르다가 떨어진다.

이제 해가 지기 시작한다. 키가 큰 모밀잣밤나무 뒤로 숨는 것이다. 직사광선이 어쩐지 불쾌한 회절광선으로 변하기 시작한다. 파리의 그림자도 내 정강이의 그림자도 묘하게 선명해진다. 나는 솜이 든 잠옷을 입고 유리창을 닫았다.

오후가 되면 나는 독서를 했다. 파리들이 다시 날아왔다. 그들은 내가 읽고 있는 책으로 몰려들어 책장을 넘길 때마다 그 사이에 끼였다. 그만큼 그들은 도망치는 발걸음이 느렸다. 느리기만 하면 다행이겠지만 얼마 되지 않는 종이의 무게에 마치 들보에라도 눌린 듯 뒤로 뒤집어지거나 발버둥을 치고 있었다. 나에게는 그들을 죽일 의지가 없었다. 그래서 그럴 때, 특히 식사를 할 때는 그들의 약한 다리가 오히려 성가셨다. 밥상으로 날아와 앉으려고 할 때는 젓가락을 천천히 움직여 그들을 쫓아야 했다. 그렇지 않으면 젓가락 끝에 지저분하게 눌려 찌부러질 수도 있기 때문이다. 하지만 그렇게 해도 젓가락에 부딪혀서 국 안에 빠질 때가 있었다.

마지막으로 그들을 보는 것은 밤에 잠자리에 들 때였다. 그들은 모두 천장에 붙어 있었다. 꼼짝도 하지 않고 죽은 듯 붙어 있었다. 약해빠진 그들은 햇빛 속에서 장난을 칠 때조차 죽은 파리가 살아 돌아와 노는 것 같았다. 죽은 지 며칠이 지나 내장까지 말라비틀어진 파리가 먼지를 뒤집어쓰고 굴러다니는 경우가 자주 있는데, 그런 녀석이 다시 되살아나 놀고 있는 것 같았다. 아니, 사실 그런 일이 정말 있지 않을까 하는 상상도 그들을 보고 있으면 충분히 가능할 정도였다. 그런 그들이 지금은 가만히 천장에 붙어 있다. 정말 죽은 것처럼 보였다.

그런 착각을 일으키는 그들을 자기 전에 베개를 베고 바라보고 있으면 내 가슴에는 항상 휑하고 쓸쓸한 심야의 기운이 스며들었다. 황량한 겨울 골짜기의 여관에는 나 이외에 숙박객이 없는 밤도 있었다. 아무도 없는 방은 전부 전등이 꺼져 있다. 그리고 밤이 깊어갈수록 왠지 모르게 폐허에 머무는 듯한 기분이 든다. 내 눈은 그 쓸쓸한 공상 속에서 무서울 정도로 선명한 장면 하나를 떠올린다. 그것은 깊은 밤, 바다 냄새를 풍기며 투명하고 따뜻한 물이 흘러넘치는 골짜기 근처의 온천이다. 그리고 그 장면은 나를 점점 더 폐허에 있는 듯한 기분이 들게 했다. 천장의 파리들을 쳐다보고 있으면 내 마음에는 그런 깊은 밤이 떠오른다. 그 깊은 밤 속으로 내 마음이 퍼져나간다. 그리고 그 속에 단 하나 깨어 있는 방인 나의 방. 천장에 파리들이 죽은 듯이 가만히 머무는 나의 방이 고독한 감정과 함께 나에게 돌아온다.

화롯불은 점점 약해지고 유리창에 서려 있던 김은 위에서부터 점점 사라진다. 나는 그 속에서 생선 알과 비슷한 우울한 무늬가 나타나는 것을 본다. 내가 여기서 머문 첫겨울에도 역시 이렇게 사라져간 수증기가 어느샌가 그런 무늬를 만들어냈다. 방 한쪽 구석에는 엷게 먼지가 쌓인 빈 약병이 몇 개 놓여 있었다. 이 얼마나 권태로운 일인가. 이 얼마나 구태의연한 일인가. 나의 병적인 우울함이 아마도 다른 방에는 살지 않을 겨울 파리조차 살게 하는 게 아닐까? 도대체 언제가 되면 이런 일이 끝나는 걸까?

　이런 생각이 들기 시작하면 나는 항상 불면증에 시달린다. 잠들지 못하면 나는 군함의 진수식을 떠올린다. 그다음에는 오구라 햐쿠닌잇슈(小倉百人一首, 가인 100인이 와카를 한 수씩 골라서 만든 사화집. 가마쿠라 시대에 오구라산 산장에서 골랐다고 한다)를 한 수씩 떠올리며 그 의미를 생각한다. 그리고 마지막으로 생각할 수 있는 모든 잔학한 자살 방법을 상상하고 그 상상을 반복하며 잠을 청한다. 휑한 골짜기 근처 여관방에서. 천장에 파리들이 붙어 있는, 죽은 듯이 가만히 붙어 있는 방에서.

2

그날은 아주 맑게 갠 따뜻한 날이었다. 오후에 나는 동네 우체국에 편지를 부치러 갔다. 나는 피곤했다. 다시 여관으로 돌아가려면 골짜기로 내려가서 삼사백 미터나 더 걸어야 하는 것이 너무 귀찮았다. 그러던 중에 승합차 한 대가 지나갔다. 차를 발견한 나는 나도 모르게 손을 들었다. 그리고 그 차에 올라탔다.

그 승합차는 동네의 도로를 지나가는 차들과 조금 달랐기 때문에 눈에 띄었다. 어두운 차 안에서 승객들의 눈은 모두 똑같이 전방을 주시하고 있었고, 흙받기가 달려 있었고, 승강구 계단까지 차 있는 짐은 삼노끈으로 차에 묶여 있었다. 그런 요란스러운 특징 때문에 이 차가 지금 오르막 30리, 내리막 30리인 고개를 넘어 반도 남단에 있는 항구까지 총 백십 110리는 가야 하는 승합차라는 사실을 한눈에 알 수 있었다. 나는 그런 차에 타버린 것이었다. 이런 차에 나는 얼마나 어울리지 않는 승객인가. 나는 그저 동네 우체국까지 갔다가 지쳐버린 인간일 뿐이다.

해는 이미 저물고 있었다. 나는 아무런 느낌도 없었다. 단지 나의 피로를 풀어주는 기분 좋은 자동차의 흔들림만 느껴졌다. 등에 망을 멘 동네 사람들이 산에서 내려오는 시간이라 아는 얼굴들이 몇 명이나 지나갔다. 그때마다 나는 점점 '어중간한 의지'에 흥미가 생겼다. 그리고 그것은 나의 피로를 다른 특별한 무언가로 변화시켰다. 이제 동네 사람들은 나타나지 않았다. 자연림을 돌아서자 지는 해가 보였다. 골짜기의 물소리가 멀어졌다. 오래된 삼나무 회랑이 이어졌다. 차가운 산 공기가 스며들었다. 마녀가 타는 빗자루처럼 승합차는 나를 높은 하늘로 데려갔다. 도대체 어디까지 가려는 걸까? 고개의 터널을 빠져나가면 반도의 남쪽이다. 내가 묵고 있는 마을로 돌아가려고 해도, 다음 온천으로 가려고 해도 30리나 되는 내리막길을 내려가야 했다. 그제야 나는 차를 세웠다. 그리고 땅거미가 지는 산속에 내려버렸다. 도대체 무엇을 위해서?

그 이유는 나의 피로가 알고 있었다. 나는 한심한 자신을 외딴 산속에 유기해버린 것을 통쾌하게 비웃었다.

가까운 거리에서 어치가 몇 번이나 날아올라 나를 놀라게 했다. 어스름한 골짜기의 주름을 따라 아무리 걸어도 길에는 아무것도 보이지 않았다. 이대로 해가 지면 어쩌나 하는 걱정에 나는 불안해졌다. 어치가 날아올라 가까이 다가오니 너무 커 보였다. 어치는 그렇게 나를 몇 번이나 위협하며 잎이 떨어진 느티나무와 졸참나무의 가지를 기어가듯 건너갔다.

마침내 골짜기가 모습을 드러냈다. 삼나무가 세포처럼 빽빽하게 자란 아득한 골짜기! 이 얼마나 거대한 골짜기란 말인가. 멀리 안개 속에는 물소리도 들리지 않고 움직이지도 않는 폭포가 아주 작게 걸려 있었다. 현기증이 나게 하는 골짜기 바닥에는 통나무로 만든 썰맷길이 살풍경하게 뻗어 있었다. 해는 골짜기 맞은편 산등성이로 가라앉고 있었다. 쥐 죽은 듯한 고요만이 골짜기를 뒤덮고 있었다. 아무것도 움직이지 않았고 아무것도 들리지 않았다. 이 고요함은 어쩌면 꿈일지도 모르는 이 골짜기의 풍경을 더 꿈처럼 만들었다.

'이곳에서 이대로 해가 질 때까지 앉아 있는 것은 얼마나 사치스러운 불안함인가' 하고 나는 생각했다. '숙소에서는 저녁 밥상이 아무것도 모른 채 기다리고 있을 것이다. 그리고 나는 오늘 밤에 어떻게 될지 모른다.'

나는 내가 내버려두고 온 우울한 방을 생각했다. 그곳에서 나는 저녁밥을 먹을 때면 항상 발열에 시달렸다. 나는 옷을 입은 채로 이불 속으로 기어들어 간다. 그래도 여전히 춥다. 오한으로 떨면서 머릿속으로 몇 번이나 욕조를 상상한다. '그곳에 몸을 담그면 얼마나 기분이 좋을까' 나는 계단을 내려가 욕조를 향해 걸어가는 나를 상상했다. 하지만 그 상상 속에서 나는 절대 옷을 벗지 않는다. 옷을 입은 채로 욕조 안으로 들어가는 것이다. 나의 몸에는 지탱할 만한 것이 하나도 없다. 나는 부글부글 물속으로 가라앉아 욕조 바닥에 익사체처럼 눕고 만다. 내가 으레 하는 상상이다. 그리고 이불 속에서 만조처럼 오한이 사라지길 기다린다.

주변이 점점 어두워졌다. 해가 진 후의 물빛 같은 빛이 남았고, 반짝반짝 빛나는 별이 맑은 하늘에 나타났다. 얼어붙은 손가락 사이의 담뱃불이 어둠 속에서 빛을 발하고 있었다. 그 불의 색깔은 광활함 속에서 너무나도 고독해 보였다. 그 불을 제외하고는 등불 하나 보이지 않는 이 골짜기에서 날이 저물어가고 있었다. 추위는 점점 나의 몸에 스며들었다. 평소 바깥 공기가 들어오지 않는 깊은 곳까지 냉기가 스며들어 손을 품속에 찔러 넣어도 아무런 도움이 되지 않았다. 그런데 나는 점점 어둠과 추위가 나에게 용기를 주는 것 같은 기분이 들었다. 나는 어느샌가 지금부터 30리 길을 걸어 다음 온천까지 가는 계획을 세웠다. 강렬하게 다가오는 절망과 비슷한 감정이 나의 마음에 잔혹한 욕망을 더해갔다. 피로 또는 권태가 일단 그런 감정으로 변해버리면 나는 언제나 마지막까지 어떤 희생을 치르더라도 끝까지 가봐야 했다. 해가 완전히 지고 겨우 그 자리에서 일어났을 때, 나는 주변에 아직 빛이 있을 때와는 완전히 다른 감정으로 자신을 위장하고 있었다.

나는 산속의 얼어붙은 공기 속에서 어둠을 헤치며 걸어가기 시작했다. 몸은 조금도 따뜻해지지 않았다. 그래도 이따금 내 볼을 가볍게 어루만지는 공기가 느껴졌다. 처음에는 발열 때문이거나 극단적인 추위 속에서 일어나는 몸의 변화라고 생각했다. 하지만 걸어가면서 그것은 낮

동안 비추던 열이 아직 군데군데 길에 남아 있기 때문이라는 사실을 깨달았다. 그러자 얼어붙은 어둠 속에서 낮동안 비추던 햇살이 생생하게 보이는 것 같았다. 등불 하나 보이지 않는 어둠도 나에게 이상한 기분을 불러일으켰다. 불이 켜졌다는 사실을 통해, 혹은 등불 아래에서, 문명적인 우리는 처음으로 밤을 이해하게 된다는 사실을 믿기에 충분했다. 깜깜한 어둠에도 불구하고 나는 낮과 똑같다고 느껴졌다. 별이 빛나는 하늘은 새파랬다. 길을 분간하는 방법은 낮과 크게 다르지 않았다. 길을 물들이고 있는 낮 동안의 여열로 인해 그런 느낌은 더 강해졌다.

갑자기 내 뒤에서 바람이 부는 소리가 들렸다. 순식간에 흘러오는 빛 속으로 길 위의 작은 돌이 치아 같은 그림자를 만들어냈다. 자동차 한 대가 그것을 피하려고 하는 나에게 조금의 주의도 기울이지 않고 스쳐 지나갔다. 나는 잠시 동안 멍하게 서 있었다. 자동차는 곧 골짜기를 따라 돌아 저쪽 길에 모습을 드러냈다. 그러나 그 모습은 자동차가 달린다기보다는 헤드라이트를 켠 커다란 어둠이 앞으로 앞으로 밀고나가는 것같이 보였다. 그 모습이 꿈처럼 사라지고 나니 다시 그 주변은 차가운 어둠에 휩싸였고 공복인 나는 어두운 열정에 넘쳐 길을 밟고 서 있었다.

'이 얼마나 괴롭고도 절망적인 풍경인가. 나는 나의 운명 그대로인 길 안을 걷고 있다. 이것은 내 마음 그대로의 모습이고, 여기에서 나는 햇빛 속에서 느끼는 어떤 기만도 느끼지 않는다. 내 신경은 어두운 전방을 향해 뻗어 있고, 지금은 나의 결연한 의지가 느껴진다. 이 얼마나 기분 좋은 일인가. 형벌 같은 어둠, 살을 에는 듯한 혹한. 그 속에서 내 피로는 즐거운 긴장감과 새로운 전율을 느낄 수 있다. 걸어라, 걸어라. 지쳐 쓰러질 때까지 걸어라.'

나는 잔혹할 정도로 자신을 채찍질했다. 걸어라. 걸어라. 걷다가 죽어버려라.

그날 밤 늦게 완전히 지친 나는 반도의 남단, 항구 선착장을 눈앞에 두고 있었다. 나는 술을 마셨다. 하지만 마음은 가라앉은 채 전혀 취하지 않았다.

강한 바다 냄새와 섞인 기름 냄새가 주변을 가득 메우고 있었다. 배를 매는 밧줄이 잠잘 때 나는 숨소리처럼 삐걱대고, 이를 잠재우기라도 하는 듯 조용한 파도가 찰싹찰싹 뱃전을 치는 소리가 어두운 수면 위로 들려왔다.

"○○ 씨, 없어요?"

조용한 공기를 뚫고 요염한 여자의 목소리가 조금 전부터 물가에서 들려왔다. 희미한 등불을 졸린 듯 드리우고 있는 백 톤 정도의 증기선 선미에서 보이지 않는 목소리가 불명확하게 뭐라고 대답했다. 굉장히 저음의 목소리였다.

"없어요? ○○ 씨, 없어요?"

아마도 이 항구에서 뱃사람을 상대로 몸을 파는 여자인 것 같았다. 나와는 상관없는 일이지만 그 저음의 목소리에 귀를 기울였다. 하지만 애매한 말만 똑같이 둔탁하게 울렸고, 마침내 여자는 포기한 듯 사라지고 말았다.

나는 조용하게 잠든 항구를 앞에 두고 변화무쌍했던 그 밤을 회상했다. 30리는 족히 걸었다고 생각했지만 끝없이 이어지던 산길, 골짜기 안에서 발전소가 보이기 시작했고 잠시 후에 골짜기 바닥에서 두세 개 정도의 불빛이 잔잔한 밤 인사를 나누며 지나가는 것이 보였다. 나는 그 불빛이 아마도 온천으로 가는 사람들의 제등일 것이라고 생각했고, 온천이 바로 근처에 있다고 직감했다. 그래서 힘을 내서 걸어갔지만 그 기대는 멋지게 어긋나 버렸다. 겨우 온천에 도착해 공동탕에서 마을 사람들 사이에 섞여 꽁꽁 얼어 지쳐버린 몸을 녹였을 때는 이상한 안도감이 들었다. 정말이지 회상이라는 단어와 잘 어울릴 만큼 하룻밤의 경험치고는 엄청나게 많은 일들이 있었다. 하지만 이것으로 끝이 아니었다. 드디어 배를 채우고 나서 제정신이 들까 말까 하는 순간에 나의 채워지지 않는 잔혹한 욕망은 다시 한 번 나에게 밤길로 나갈 것을 명했다. 나는 불안한 기대감으로 이름도 들어본 적 없는 온천으로 20리나 더 걸어가야 했다. 나는 그 길에서 결국 길을 잃고 어찌할 바를 몰라 어둠 속에서 웅크리고 앉아 있었다. 그때 마침 밤늦게 지나가던 자동차를 불러 세워 예정을 바꿔서 이 항구 마을로 오게 된 것이다. 그리고 나는 어디로 갔던가. 나는 그런 곳에 대해서는 어떤 후각이라도 가진 것처럼 수로를 따라 늘어서 있는 사창가 거리로 들어섰다. 해초를 몸에 감은 것 같은 바닷사람들이 몇 명씩 무리 지어 하얗게 화장을 한 여자를 희롱하면서 비틀비틀 걷고 있었다. 나는 두 번 정도 같은 길을 돌다가 마지막에 한 집으로 들어갔다. 나는 지친 몸에 따뜻한 술을 들이부었다. 하지만 취하지 않았다. 술을 따르러 온 여자는 꽁치잡이 배에 대해서 이야기했다. 선원의 팔에 잘 어울리는 야무지고 건강해 보이는 여자였다. 여자들 중 한 명은 나를 유혹했다. 나는 그 값만 치르고 항구가 있는 곳을 물어 밖으로 나와버렸다.

나는 근처 바다 멀리서 천천히 명멸하는 회전등대의 불빛을 바라보며 긴 두루마리에 그려진 그림 같은 밤이 끝나고 있음을 느꼈다. 뱃전을 때리는 소리, 배를 묶는 밧줄이 당겨지는 소리, 졸린 것 같은 배의 등불, 이 모든 것이 조용하고 어둡게 그리고 은밀하게 부드러운 감상을 불러일으켰다. 다른 곳에서 숙소를 찾을까? 그렇지 않으면 아까 그 여자가 있는 곳으로 돌아갈까? 어느 쪽을 선택하든 나의 증오로 가득 찬 거친 마음은 이 항구의 부두에서 이미 다해 있었다. 오랫동안 나는 그곳에 서 있었다. 불쾌한 졸음이 내 머릿속에 몰려올 때까지 고요한 바다의 어둠을 응시했다.

나는 그 항구를 중심으로 사흘 정도 그 부근의 온천에 머무르며 돌아갈 날을 미뤘다. 밝은 남쪽 바다의 색깔과 냄새는 나에게 왠지 난폭하고 조잡하게 느껴졌다. 게다가 저속하고 지저분한 평야의 풍경은 나를 질리게 만들었다.

산과 골짜기가 대립해서 마음이 쉴 수 있는 여유나 평안한 앞날이 없는 나의 마을 풍경이 어느새 나의 몸에 새겨졌다는 사실을 알게 되었다. 그리고 사흘 뒤에 나는 내 마음을 닫아버리기 위해 나의 마을로 돌아왔다.

3

    나는 며칠 동안 상한 몸으로 누워 있어야 했다. 나에게는 특별히 후회되는 일이 없었지만 나를 아는 이런저런 사람이 이 이야기를 듣는다면 틀림없이 괴로워하며 마음 아파할 것이라는 생각만 들었다.

    그러던 어느 날, 나는 문득 내 방에 파리가 한 마리도 없다는 사실을 깨달았다. 그 사실에 나는 굉장히 놀랐다. 나는 생각했다. 아마도 내가 방을 비운 사이에 아무도 창문을 열지 않아 햇빛이 들어오지 않았고 불을 때서 방을 데우지 않았기 때문에 그들이 추워서 죽은 게 아닐까? 가능한 이야기였다. 그들은 나의 조용한 생활의 은덕을 자신들의 생활 조건으로 살아 있었던 것이다. 그리고 내가 나의 울적한 방에서 도망쳐 나와 내 몸을 괴롭히고 있을 때 그들은 정말로 추위와 굶주림에 죽어버린 것이다. 나는 이 사실에 대해 얼마간 우울함을 느꼈다. 그들의 죽음이 슬퍼서가 아니라 나에게도 뭔가 나를 살리기도 하고 언젠가 나를 죽이기도 할 변덕스러운 조건이 있을 것 같다는 생각이 들었기 때문이다. 나는 그 녀석의 넓은 등을 본 것 같았다. 그것은 새롭고 나의 자존심에 상처를 입히는 공상이었다. 그리고 나는 그 공상으로 점점 더 울적함을 더해가는 나의 생활을 느꼈다.

『창작월간(創作月刊)』 1928년 5월호

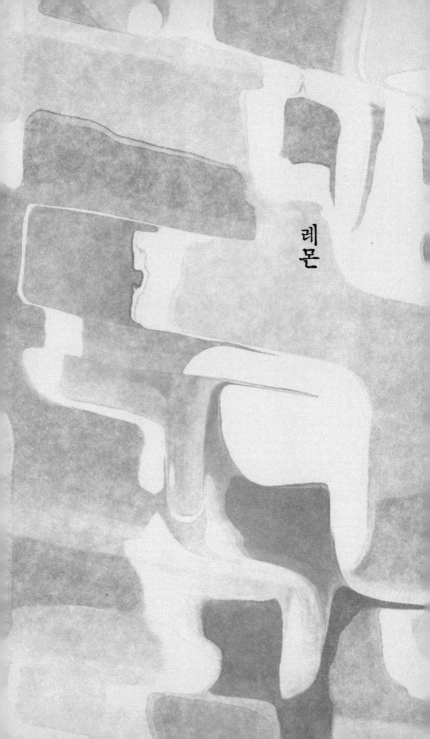

레
몬

정체를 알 수 없는 불길한 덩어리가 내 마음을 시종일
관 짓눌렀다. 초조하다고 해야 할지 혐오스럽다고 해야
할지 술을 마시고 난 뒤에 숙취가 생기는 것처럼 술을 매
일 마시고 있으면 숙취와 같은 시기가 찾아온다. 그 시기
가 온 것이다. 그건 좀 곤란했다. 결과적으로 폐결핵이나
신경쇠약이 곤란하다는 것이 아니다. 그렇다고 갚기 어려
운 빚이 곤란한 것도 아니다. 곤란한 것은 불길한 덩어리
다. 이전에 나를 즐겁게 만들던 아름다운 음악도, 그 어떤
아름다운 시구절도 더 이상 참을 수 없었다. 축음기로 음
악을 듣기 위해 일부러 외출을 해도 처음 두세 마디를 들
으면 갑자기 일어나고 싶어진다. 무언가가 나를 그 자리
에서 일어나게 만드는 것이다. 그래서 나는 하루 종일 이

거리 저 거리를 떠돌아다녔다.

그 무렵 나는 왠지 초라하면서도 아름다운 것에 강하게 끌렸다. 풍경도 허물어져 가는 거리의 풍경이 좋았고, 그 거리 역시 잘 모르는 큰길보다는 더러운 세탁물이 널려 있거나 잡동사니가 굴러다니거나 지저분한 방이 들여다 보이는 친숙한 뒷골목이 더 좋았다. 그 거리는 비와 바람에 침식되어 금방이라도 흙으로 돌아가 버릴 것같이 토담과 집들은 무너지고 쓰러져 가지만 오직 식물만은 기세등등하게, 때로는 깜짝 놀랄 만한 해바라기나 칸나가 피어 있기도 하다.

나는 때로 그런 거리를 걸으며 이곳이 교토가 아니라 교토에서 수천 리나 떨어진 센다이나 나가사키 같은 곳이라는 착각을 일으키려고 노력했다. 나는 가능하다면 교토에서 도망쳐서 나를 아는 사람이 아무도 없는 곳으로 가고 싶었다. 일단은 마음이 안정되는 곳. 휑한 여관의 방한 칸. 청결한 이불. 좋은 냄새가 나는 모기장과 풀을 잘 먹인 유카타(주로 목욕 후나 여름에 입는 간편한 일본의 전통 의상). 그곳에서 한 달 정도 아무 생각도 하지 않고 자고 싶었다. 바라건대 이곳이 어느샌가 그런 곳으로 바뀐다

면 얼마나 좋을까. 착각이 겨우 성공하기 시작하면 나는
그때부터 상상의 그림물감을 칠해나간다. 특별할 것은 없
다. 내 착각과 허물어져 가는 거리의 오버랩이다. 그리고
나는 그 안에서 현실의 나 자신이 사라지는 것을 즐겼다.

나는 또 폭죽이 좋아졌다. 불꽃놀이 자체는 두고서라도
싸구려 물감으로 빨강, 보라, 노랑, 파랑과 가지각색의 줄
무늬를 그린 폭죽 다발, 그리고 나카야마데라의 호시쿠다
리(나카야마데라라는 절에서 행해지는 큰 법회 이름), 꽃들의
전쟁, 마른 참억새라는 이름의 폭죽이 좋았다. 그리고 쥐
불꽃이라 불리는 폭죽이 하나씩 동그랗게 상자에 담겨 있
었다. 이런 것들이 이상하게 내 마음을 흔들었다.

그리고 비드로라고 하는 색유리에 잉어와 꽃을 찍어낸
납작한 유리구슬이 좋았고, 장식용 구슬도 좋았다. 또한
그 구슬을 핥아보는 것은 나에게 말로 형용할 수 없을 정
도의 즐거움이었다. 그 비드로의 맛만큼 은근하게 시원한
것이 또 있을까? 나는 어린 시절 자주 그것을 입에 넣어서
부모님에게 혼이 났는데, 그 어린 시절의 달콤한 기억이
크면서 망가진 나에게 되살아난 탓인지 정말 그 맛에서는
아린하면서도 상쾌한, 그리고 왠지 모르게 시적인 아름다

움이 느껴지는 감각이 감돌았다.

짐작했겠지만 나에게는 돈이 한 푼도 없다. 그렇지만 그런 것들을 보고 조금이라도 마음이 움직일 때 나 자신을 달래려면 사치가 필요했다. 2전이나 3전 정도이지만 나에게는 사치스러운 것. 아름답지만 무기력한 나의 촉각을 유혹하는 것. 이런 것들이 나를 자연스럽게 위로했다.

생활이 아직 어렵지 않던 시절에 내가 좋아하던 곳은 마루젠(丸善) 같은 곳이었다. 빨강, 노랑의 오데코롱과 오데퀴닌. 세련된 유리 세공품과 우아한 로코코풍 무늬의 호박색과 비취색 향수병. 담배 파이프, 나이프, 비누, 담배. 나는 이런 것들을 보느라 한 시간 정도를 쓴 적도 있다. 그리고 결국 가장 좋은 연필 하나를 사는 작은 사치를 부렸다. 하지만 마루젠도 이제 그 무렵의 나에게는 숨막히는 장소에 지나지 않았다. 서적, 학생, 계산대가 모두 빚쟁이의 망령처럼 보였다.

어느 날 아침의 일이었다. 그 무렵 나는 이곳저곳 친구들의 하숙집을 전전하면서 살고 있었다. 친구가 학교에 가고 나면 공허한 공기 속에 쓸쓸히 홀로 남겨졌다. 그러면 또 나는 밖에서 방황할 수밖에 없었다. 무언가가 나를 내몰았다. 이 거리에서 저 거리로 아까 말한 뒷골목을 걷기도 하고 과자가게 앞에서 서성대기도 하고 건어물 가게에서 건새우, 대구포, 두부껍질을 바라보기도 했다. 그러다가 니조(二条) 방향으로 데라마치(寺町) 거리를 내려와 그곳의 과일가게에서 발을 멈췄다. 여기서 잠시 이 과일가게를 소개하자면, 이 과일가게는 내가 알고 있는 가게 중가장 좋아하는 곳이었다. 결코 멋진 가게는 아니었지만과일가게 고유의 아름다움이 그대로 전해졌다. 과일은 꽤경사가 심한 진열대 위에 놓여 있었는데 그 진열대도 검은색 옻칠을 한 오래된 판자였던 것으로 기억한다. 진열된 과일들은 마치 빠르고 경쾌한 음악이 고르곤(그리스 신화에 나오는 흉측한 모습의 세 자매로 눈을 마주치면 온몸이 굳어져 돌로 변한다고 함)을 보고 그대로 굳어 과일이 된 것같은 모습이었다. 채소 역시 안으로 들어갈수록 산더미처럼 쌓여 있었다. 실제로 그곳의 당근 잎은 정말로 아름다웠다. 그리고 물에 담겨 있던 콩과 쇠귀나물 같은 것도.

또 그 가게에서 아름다운 것은 밤이었다. 데라마치 거리는 도쿄나 오사카보다는 조용하지만 대체로 번화한 곳으로 진열창에서 엄청난 양의 빛이 거리로 흘러나오고 있었다. 그런데 무슨 까닭인지 그 가게 주변만은 묘하게 어두웠다. 원래 한쪽은 어두운 니조 거리에 인접한 길목이었기 때문에 어두운 것이 당연했지만, 다른 쪽 옆집이 데라마치 거리에 위치하는데도 어두운 것은 이유를 알 수 없었다. 하지만 그 가게가 어둡지 않았다면 그 정도로 나를 사로잡지는 못했을 것이다. 다른 이유는 그 가게 처마에 쳐진 차양인데, 그 차양은 깊이 눌러쓴 모자의 챙 같았다. 그것은 단순히 표현이 그렇다는 것이 아니라 '아니, 저 가게는 모자챙을 지나치게 내려 썼는데' 하는 생각이 들 정도였다. 차양 위도 아주 캄캄했다. 그 주변이 굉장히 어둡기 때문에 가게 앞에 켜둔 전등 몇 개가 소나기처럼 쏟아내는 현란함은 주위의 그 어떤 것에도 빼앗기지 않고 원하는 대로 아름다움을 뽐내고 있었다. 백열전구의 빛이 가늘고 긴 나선 모양의 봉처럼 강렬하게 눈을 찌르는 길가에 서서, 아니면 근처 과자점 가기야(鎰屋) 2층의 유리창을 통해 바라보는 그 과일가게만큼 그때의 나를 흥분시키는 것은 데라마치에서 찾기 힘들었다.

그날 나는 평소와는 달리 그 가게에서 과일을 샀다. 그 가게에서 보기 힘든 레몬이 나와 있었기 때문이다. 레몬

같은 것은 아주 흔한 과일이다. 하지만 그 과일가게는 초라하다고까지는 할 수 없지만 평범한 가게였기 때문에 그 전까지 레몬을 본 적이 거의 없었다. 나는 레몬을 좋아하는 편이다. 레몬옐로의 그림물감을 튜브에서 짜내서 굳힌 것 같은 그 단순한 색깔도, 그리고 길이가 짧은 방추형 모양도. 결국 나는 레몬을 하나만 사기로 했다. 그다음에 나는 어디를 어떻게 걸어 다녔을까. 나는 오랜 시간 거리를 걸었다. 계속해서 내 마음을 짓누르던 불길한 덩어리가 레몬을 손에 쥔 순간부터 어느 정도 누그러진 것 같아서 나는 거리 위에서 굉장히 행복했다. 그렇게도 집요했던 우울함이 이런 과일 하나로 풀리다니. 때로는 확실하지 않은 어떤 것이 역설적으로 사실인 경우도 있다. 그렇다고는 해도 사람의 마음이라는 것은 얼마나 불가사의한가.

레몬의 차가움은 어디에도 비교할 수 없을 만큼 좋았다. 그 무렵 나는 폐 관련 질환이 있었기 때문에 몸에 항상 열이 났다. 사실 이 친구 저 친구에게 나의 열을 과시하기 위해 그들의 손을 잡아보기도 했는데, 내 손바닥은 누구보다 뜨거웠다. 그 열 때문인지 쥐고 있는 손바닥에서 몸속으로 스며드는 레몬의 차가움이 기분 좋게 느껴졌다.

나는 몇 번이고 레몬에 코를 대고 냄새를 맡아봤다. 레몬의 산지인 캘리포니아의 모습이 머릿속에 떠올랐다. 한문에서 배웠던 '매감자언(賣柑者言)' 속에 나온 '코를 찌른다'는 말이 간간이 떠올랐다. 그리고 가슴속 깊이 향기로운 공기를 들이마시자 여태 한 번도 가슴 가득히 호흡을 한 적이 없던 나의 몸과 얼굴에 따뜻한 피의 열기가 올라와 어쩐지 몸속에서 기력이 살아났다.

　실제로 그런 단순한 냉각이나 촉각, 후각, 시각이 먼 옛날부터 이것만 찾아왔다고 말하고 싶을 만큼 나에게 잘 맞는다는 생각이 들어 이상했다. 그것은 그 무렵의 일이었기 때문에 더욱 그랬다.

　나는 이미 가벼운 흥분으로 기분이 좋아져 일종의 자랑스러움까지 느끼면서 멋을 부리고 거리를 활보하던 시인을 생각하며 거리를 걸었다. 레몬을 더러워진 손수건 위에 올려보기도 하고 망토 위에 대보며 색을 살펴보기도 하고, 또 이런 생각을 하기도 했다.

　'그러니까 이 정도의 무게구나.'

　그 무게야말로 평소에 찾아 헤매던 것으로 의심할 여지도 없이 모든 선하고 아름다운 것을 중량으로 환산한 무게라고 생각했다. 자신의 유머에 우쭐해진 나는 그런 어이없는 생각을 하면서도 어쨌든 행복했다.

어디를 어떻게 걸어 다녔을까. 내가 마지막으로 발길을 멈춘 곳은 마루젠 앞이었다. 평상시에는 그렇게 피해 다니던 마루젠에 그때의 나는 아무렇지도 않게 들어갈 수 있을 것 같았다.

"오늘은 한번 들어가 볼까?" 하고 나는 안으로 성큼 들어섰다.

그러나 어찌 된 것인지 나의 마음을 꽉 채우고 있던 행복한 감정이 점점 달아나고 있었다. 향수병에도 담배 파이프에도 나의 마음은 동하지 않았다. 우울함이 몰려왔다. 나는 너무 돌아다녀서 지친 것이라고 생각했다. 나는 화집 진열대 앞에 가보았다. 무거운 화집을 꺼내는 것조차 평소보다 힘이 필요하다는 생각이 들었다. 그래도 나는 한 권씩 꺼내서 펼쳐보았다. 하지만 책장을 제대로 넘겨볼 마음은 들지 않았다. 그리고 다시 주문에라도 걸린 듯 다른 책을 한 권 꺼냈다. 그것도 마찬가지였다. 그런데도 한 번은 책장을 대충이라도 넘겨보지 않고서는 성에 차지 않았다. 더 이상은 견딜 수 없어서 그곳에 책을 그대로 두었다. 원래 있던 곳에 돌려놓을 수조차 없었다. 나는 몇 번이고 같은 짓을 반복했다. 그리고 참을 수 없는 기분이 한층 더 심해진 나는 결국 평소 좋아하던 앵그르의 무거운 주황색 책까지 그대로 둘 수밖에 없었다. 이게 무슨 저주란 말인가. 손 근육에 피로가 남아 있었다. 나는 우울해져 내가 책장에서 꺼내 쌓아둔 책들을 바라봤다.

예전에는 그렇게도 내 마음을 사로잡았던 화집들인데, 어떻게 된 일일까. 나는 책을 한장 한장 꼼꼼히 읽은 후 너무나도 평범한 주위 풍경을 둘러봤을 때의 그 이상하게 어울리지 않는 기분을 예전에는 굉장히 즐기곤 했다.

그때 나는 "아, 맞다, 맞다" 하고 소매 안에 있는 레몬을 떠올렸다. 책의 색채를 어지럽게 쌓아두고 이 레몬으로 한번 시험해봤더니 '그렇지' 하는 생각이 들었다.

조금 전에 느낀 가벼운 흥분이 되살아났다. 나는 손이 닿는 대로 책을 쌓아 올렸다가 다시 급하게 무너뜨리고 다시 분주하게 쌓아 올렸다. 새롭게 책장에서 가져와서 추가하기도 하고 빼기도 했다. 기이하고도 환상적인 성이 그때마다 빨갛게 되기도 하고 파랗게 되기도 했다.

드디어 성이 완성되었다. 그리고 가볍게 뛰는 마음을

억누르며 그 성벽 꼭대기에 조심스럽게 레몬을 올려놓았다. 굉장히 훌륭했다.

　조금 떨어져서 바라보니 그 레몬의 색채는 혼란스러운 색의 그러데이션을 가만히 방추형 몸안으로 흡수해버려 확실히 선명하게 보였다. 먼지가 가득한 마루젠 안의 공기가 그 레몬 주위에서만 이상하게 긴장하는 것 같았다. 나는 잠시 동안 그 모습을 바라보았다.

　문득 두 번째 아이디어가 떠올랐다. 그 기묘한 계획에 오히려 내가 흠칫 놀랐다.

　저걸 저대로 두고 나는 아무렇지도 않은 얼굴로 밖으로 나가는 것이다.

　나는 이상하게 간질거리는 느낌이 들었다. '밖으로 나갈까? 그래, 나가자' 하고 나는 서둘러 밖으로 나왔다.

　이상하게 간질거리는 느낌은 거리에서 나를 웃게 만들었다. 나는 마루젠의 책장에 황금색으로 빛나는 무시무시한 폭탄을 설치하고 나온 괴기한 악당이고, 이제 10분 뒤에 저 마루젠에서 미술 코너를 중심으로 엄청난 폭발이 일어난다면 얼마나 재미있을까.

　나는 이런 상상을 열정적으로 좇았다. '그렇게 되면 저

숨 막히는 마루젠도 산산조각이 나겠지.'

그리고 나는 활동사진의 간판이 특이한 취향으로 거리를 물들이는 교고쿠(京極) 쪽으로 내려갔다.

『아오조라(青空)』 1925년 1월호

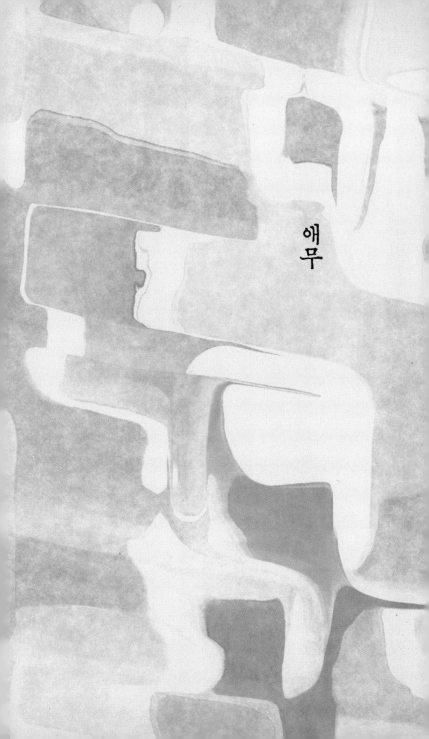

애무

고양이의 귀는 정말 이상하다. 얇고 차가우며 죽순 껍질처럼 겉에는 융모가 나 있고 안은 반질반질하다. 딱딱한 것도 같고 부드러운 것도 같은, 뭐라고 표현하기 힘든 특별한 물질이다. 나는 어릴 때부터 고양이의 귀에 '검표 펀치'로 구멍을 한번 뚫어보고 싶었다. 이것은 잔혹한 상상일까?

아니, 그렇지 않다. 고양이 귀가 가진 일종의 불가사의한 시사력 때문이다. 나는 집에 온 한 근엄한 손님이 말을 하면서 무릎으로 올라온 아기 고양이의 귀를 계속 비틀던 모습을 잊을 수 없다.

이와 같은 의혹은 예상외로 집요했다. '검표 펀치'로 구멍을 뚫어보는 것 같은, 어린애 장난 같은 상상도 과감하게 행동으로 옮기지 않는 한 우리의 권태 안에서 외관상의 연령을 훨씬 더 길게 유지할 것이다. 사리분별이 가능한 어른이 된 지금도 여전히 두꺼운 종이에 샌드위치처럼 고양이 귀를 끼우고 단숨에 잘라버리는 것 같은 생각을 열심히 하고 있다! 그런데 최근 우연한 기회에 이런 상상이 굉장히 큰 오산이었다는 사실을 알게 되었다.

원래 고양이는 토끼처럼 귀를 잡고 밑으로 늘어뜨려도 크게 아파하지 않는다. 잡아당기는 것에 대해서도 고양이 귀는 기묘한 구조를 가지고 있다. 모든 고양이 귀에는 한 번 잡아당겨서 찢어진 것 같은 흔적이 있다. 그 찢어진 부위에 교묘하게 덧댄 것 같은 부위가 있는데, 그것은 창조설을 믿는 사람에게도 진화론을 믿는 사람에게도 불가사의하고 우스꽝스러운 귀 모양일 것이다. 그리고 그 덧댄 부분이 귀를 잡아당길 때 통증을 완화하는 것이다. 그렇기 때문에 고양이 귀를 아무리 잡아당겨도 고양이는 아무렇지도 않다. 그렇다면 압박에 대해서는 어떨까? 손가락으로 꼬집는 정도라면 아무리 세게 비틀어도 아파하지 않는다. 조금 전에 말한 손님처럼 귀를 꼬집어도 아주 드물게 비명을 지르는 녀석이 있을 뿐이다. 그래서 고양이 귀는 불사신이라는 의혹을 받고 있는 데다가 나아가 '검표 펀치'라는 위험 앞에 놓여 있다. 그리고 어느 날, 나는 고양이와 놀다가 마침내 귀를 깨물고 말았다. 이것이 나의 발견이었다. 이 하찮은 녀석은 물리자마자 바로 비명을 질렀다. 나의 오래된 상상은 그 자리에서 산산조각 났다. 고양이는 귀가 물렸을 때 가장 아픈 모양이었다. 비명은 처음에는 아주 미미하게 시작된다. 점점 세게 깨물수록 비명도 점점 커진다. 크레센도가 제대로 나오는 목관악기 같다는 생각이 들었다.

나의 오래된 상상은 이렇게 사라지고 말았다. 하지만 이런 것에는 끝이 없다. 이 무렵 나는 또 다른 상상을 시작했다.

그것은 고양이의 발톱을 전부 잘라버리는 것이다. 고양이는 어떻게 될까? 아마도 고양이는 죽어버리지 않을까?

여느 때처럼 고양이는 나무를 오르려고 한다. 하지만 오르지 못한다. 사람의 옷자락을 향해 뛰어오른다. 하지만 뭔가 다르다. 발톱을 갈려고 한다. 그런데 발톱이 하나도 없다. 고양이는 분명 이런 일을 몇 번이고 반복할 것이다. 그때마다 점점 예전의 나와 지금의 내가 다르다는 사실을 알아갈 것이다. 고양이는 점점 자신감을 잃어간다. 이제 조금만 '높은 곳'에 있어도 두려움에 벌벌 떨게 될 것이다. '낙하'에서 항상 자신을 지켜주던 발톱이 이제 없기 때문이다. 고양이는 비틀비틀 걷는 전혀 다른 동물이 되어버린다. 그리고 결국 걷는 것조차 하지 않는다. 절망! 그리고 계속 공포스러운 꿈에 시달리다가 먹을 기력조차 잃어버리고 결국 죽고 말 것이다.

발톱 없는 고양이! 이렇게 믿을 곳 하나 없이 슬픈 마음이 또 있을까? 상상력을 잃어버린 시인, 조현병을 앓는 천재와도 닮아 있다!

이런 상상은 항상 나를 슬프게 한다. 이 완전한 슬픔 때문에 이 결말이 타당한지조차 이제 나에게는 문제가 되지 않는다. 그런데 발톱이 빠진 고양이는 과연 어떻게 될까? 눈알이나 수염이 빠진다면 고양이는 살 수 있을 것이다. 그러나 부드러운 발바닥 안의 껍질 속에 숨겨져 있는, 갈고리처럼 굽고 비수처럼 날카로운 발톱! 이 발톱이 고양이의 활력이자 지혜이며 정령이고 전부라는 사실을 나는 믿어 의심치 않는다.

하루는 기묘한 꿈을 꿨다.

X라는 여자의 방이었다. 이 여자는 평소 귀여운 고양이를 키우고 있었는데 내가 가면 가슴에 안고 있던 그 녀석을 놓아 나에게 보냈다. 그럴 때마다 나는 아주 난처했다. 안아 올려보면 그 아기 고양이에게서는 항상 희미하게 향수 냄새가 났다.

꿈속에서 그 여자는 거울 앞에서 화장을 하고 있었다. 나는 신문 같은 것을 보며 그 여자를 힐끗거리다가 깜짝 놀라 작게 비명을 질렀다. 그녀는 글쎄! 고양이의 발로 얼굴에 하얀 분을 바르고 있었다. 나는 소름이 끼쳤다. 그런데 다시 자세히 보니 그것은 그냥 고양이 발 모양의 화장 도구일 뿐이었다. 하지만 아무래도 이상해서 나는 뒤에서 물어볼 수밖에 없었다.

"그거 뭐예요? 얼굴에 문지르는 거?"

"이거?"

그 여자는 웃으면서 뒤를 돌아보았다. 그리고 그것을 나에게 던졌다. 집어 들어보니 역시 고양이 발이었다.

"도대체 이게 뭐예요?"

나는 그렇게 물었고, 오늘 항상 있던 아기 고양이가 없다는 것과 그 앞발이 아무래도 그 고양이의 발인 것 같다는 생각이 섬광처럼 지나갔다.

"알면서 그래. 그거 뮬의 앞발이잖아."

그 여자는 태연하게 대답했다. 그리고 요즘 외국에서
이런 것이 유행해서 뮬의 앞발로 만들었다고 말했다. 당
신이 만들었냐며, 나는 내심 그 여자의 잔혹함에 혀를 내
두르며 물었다. 그러자 그녀는 의과대학의 사환이 만들어
줬다고 했다. 나는 의과대학의 사환이 사체를 해부한 다
음 그 머리를 흙 속에 묻어두고 해골로 만들어 학생과 비
밀 거래를 했다는 이야기를 들은 적이 있었기 때문에 굉
장히 기분이 좋지 않았다. 그런 녀석에게 꼭 부탁을 해야
했는지……. 그리고 여자라는 존재의 그런 일에 대한 무
신경함과 잔혹함이 새삼스럽게 증오스러웠다. 하지만 그
런 것이 외국에서 유행한다는 이야기는 나도 여성잡지인
지 신문에서 읽은 적이 있는 것도 같았다.

고양이 발로 만든 화장도구! 나는 항상 고양이 앞발을
내 쪽으로 잡아당겨서 혼자 웃으며 털을 쓰다듬는다. 고
양이가 얼굴을 씻을 때 사용하는 앞발의 옆면에는 짧은
털이 융단처럼 빽빽이 나 있어서 인간의 화장도구로도 쓸
수 있을 것 같았다. 그렇지만 그것이 나에게 무슨 소용이

있을까? 나는 아무렇게나 드러누워 고양이를 내 얼굴 위로 들어 올린다. 두 개의 앞발을 잡고 부드러운 발바닥을 하나씩 내 눈꺼풀 위에 대본다. 기분 좋은 고양이의 무게. 따뜻한 그 발바닥. 내 지친 눈에 이 세상에는 없는 휴식이 깊숙이 찾아든다.

아기 고양이여! 제발 잠시만 발을 헛디디지 말고 그대로 있어라. 너는 바로 발톱을 세울 테니까.

『시·현실(詩·現実)』1930년 6월호 제1권

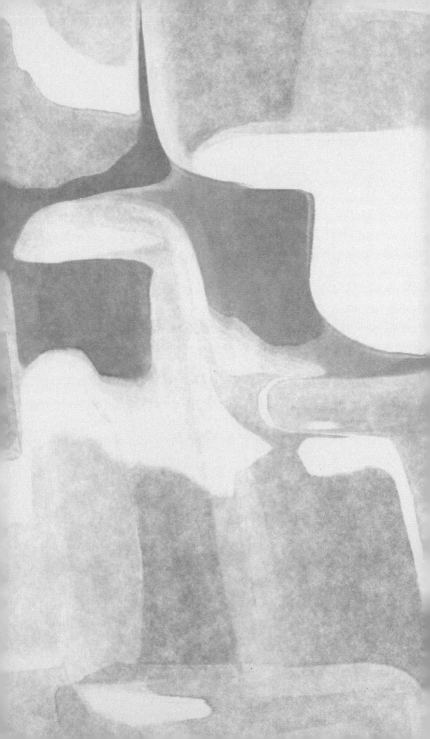

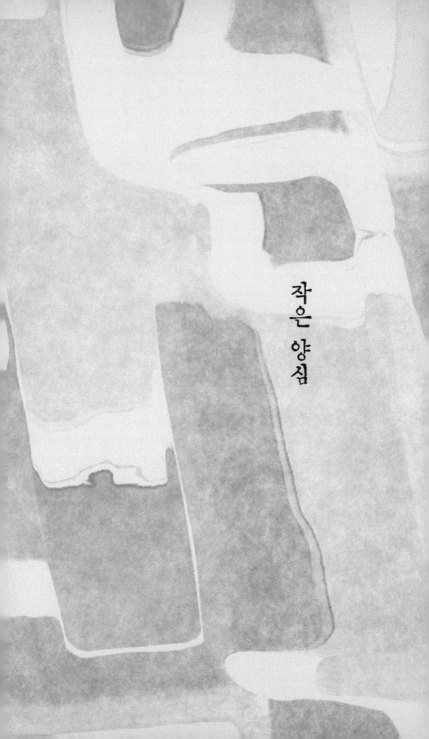

작은 양심

나는 사람들의 발길을 피해 어두운 길을 걸었다.

귀가 징 하고 울린다. 정신없이 걷고 있다. 어느 길로 어떻게 왔는지도 모르겠다. 지팡이 소리가 탁탁 들린다. 이 굵은 벚나무 지팡이로 방금 사람을 패고 온 참이다.

이곳이 어디쯤인지도 모르겠다. 길을 돌고 돌아 어두운 거리를 암흑의 거리를 걸어왔다. 신쿄고쿠(新京極)에서 도 망쳐 오고 나서 그다지 오랜 시간이 흐른 것 같지는 않다. 그러나 몇 분가량 지났는지는 모르겠다.

어두운 십자로에서 꺾어 들어섰을 때 '우동, 메밀, 수타' 라고 쓰인 홍등이 눈에 들어오자, '주먹질이다!'라고 알아 차렸던 순간이 번뜩 떠올랐다. 그야말로 불시에 벌어졌 다. '손이 보이지 않을 정도의 발검'이라는 표현이 연상될

만큼 불시였다.

지팡이를 탁탁 짚고 있다. 그 남자를 팼을 때는 좀더 높은 소리가 났던 것 같다. 딱-, 딱-. 그 정도의 소리였다. 아무튼 딱딱한 물건이 딱딱한 물건에 부딪히는 소리였다. 기분 좋게 맑은 소리였다. 그 소리는 격렬하고 거친 분노와 소용돌이처럼 휘감기는 공포를 잠재웠다.

상대는 그 순간 휙 하고 뒤쪽으로 쓰러진 것 같다. 나는 곧바로 도망쳤다.

'제기랄!'이나 '빌어먹을!'이라고 말하지 않고 '멍청이!'라는 얼빠진 말을 하는데, 이 말은 다른 사람에게 손찌검할 때의 시원한 감정이 흘러나온 무의식중의 구호였다.

순경이 온다. 간담이 서늘하다. 뒤돌아갈까? 안 되겠지? 아무렇지 않은 얼굴로 지나가는 게 좋겠어. 그래, 아무 일도 없는 것처럼 휘파람을 불어야지. 순경은 잠깐 스쳐 지나갔다.

나는 내 어리석음을 후회한다. 나는 조금도 나쁜 짓을 하지 않았다. 내가 두드려 팬 남자는 살 자격도 없는 비열한 놈이다. 처맞아 죽어도 싼 놈이다.

길은 어둡다. 모두 잠들어 고요하다.

나는 순경을 보면 이상하게 기분 나쁘다.

면허가 없는 자전거를 탔다가 순경에게 두 번 붙잡혔다. 그리고 두 번 경찰서에 갔다. 미성년인데 담배를 피우다 순경에게 몇 살이냐는 말을 들었다. 그런 일이 있고부터는 순경과 맞닥뜨릴 때마다 의심받을지도 모른다는 생각이 덜컥 든다.

작년에 아주머니와 둘이서 길을 걷던 때였다. 파출소 앞에서 순경에게 혼날 것 같은 기분이 든다고 말했더니, 하나코 씨가 나쁜 짓을 할 마음이라도 품은 거냐고 물었다.

길은 어둡다. 어느 동네인지 모르겠다. 쓰레기통 냄새가 나는 것 같다. 기분이 조금 진정되었다. 두드려 팼을 때는 물론 패고 나서도 나는 계획할 생각 따위 없었다. 불뚝 신경이 곤두선 채로 걸었다. 귀에 울리는 폭죽 소리를 들으며 무턱대고 걸었다. 내가 저런 하찮은 놈 때문에, 시답잖은 싸움 때문에 이렇게 신경이 곤두섰다는 데 화가 치밀었다. 이럴진대 저쪽이 미동도 없다면 내가 비참하다. 적어도 나를 온 마음으로 저주해야 한다. 이를 갈고 분해해야 한다. 한결같이 후회해야 한다. 그 치명적인 상처로 인해서……

그런데 걸을수록 무언가 고양됐던 것이 조금씩 가라앉는 듯하다. 도대체 무엇 때문에 흥분했던 걸까.

서츠와 팬츠 차림의 젊은이들이 길 한복판에서 막대 양 끝을 잡고 힘주어 서로 밀치는 놀이를 하고 있다. 좀 떨어진 곳에 밝은 거리가 있다. 시장이었다. 아주머니와 함께 은행을 사러 간 적이 있는 시장이다. 교고쿠에서 얼마 떨어지지 않은 시장이었다. 비로소 나는 어떤 동네를 걷고 있는지 확실히 알았다. 밝은 거리는 안 된다. 사람들에게 얼굴이 보이면 안 된다.

왠지 추격자가 올 것 같다. 추격자가 온다 해도 별일 없을 텐데, 나는 왜 이렇게까지 두려워할까 싶다. 그러나 나는 상대와 다시 맞닥뜨리거나 추격자에게 잡히는 사태가 벌어질까 하는 막연한 공포가 있다. 나는 정의의식과 별개로 그런 사태에 대한 공포가 있다. 막연하지만 이상스레 공포가 덩굴처럼 뻗어 있다. 그리고 끊어내도, 끊어내도 조금 지나면 또다시 덮쳐온다.

하얀색 운동복 차림의 남자 두 명이 어깨를 나란히 하고 달려온다. 둘은 서로 간간이 대화를 주고받았다. 그 친숙해 보이는 모습이 내게는 고귀하게 와 닿았다.

남에게 원한을 산 일이 별로 없는 내가 두 명의 적을 만들고 말았다. 적은 태연하게 비열한 일을 저지르는 놈이다. 웃으면서 복수를 꾀하고 있을 그 남자와 일당의 얼굴이 눈에 선하다. 어떤 복수를 할지는 모른다. 아니, 죽어도 저런 놈들에게 질 수는 없다. 그러나 그런 놈들을 상대하는 것은 타락을 의미한다. 죽여버리지 않으면 죽을 때까지 들러붙는 뱀 같은 존재다. 그 남자가 평생 나를 따라다닌다. 그리고 마음의 평화를 해친다.

미친개가 짖는다고 화를 내는 격이다. '저런 놈들과 진심으로 싸우다니 쓸데없는 짓이야'라고 누군가가 코웃음을 칠 것 같다.

진지한 친구들은 어떻게 하고 있을까.

나는 하숙집을 나온 지 사흘 밤째다. 매일 밤 술을 마셨다. 그리고 오늘 밤은 한 푼도 없다. 배가 고플 때처럼 아랫배가 아프다.

조금 전 술집에서 곧 온다며 헤어진 K가 있는 곳으로 가고 싶다. 은근히 기다릴 게 틀림없다. 금방 간다고 했는데 금방 갈 수 없게 됐다. 내가 사람을 팬 것은 그 술집 앞의 돌계단 위였다. K는 소란한 기척에 놀랐을 것이다. 그 기분 좋은 딱딱 소리를 똑같이 기분 좋게 들었을 것이다. 듣고 무슨 생각을 했을까. K라면 나와 같은 세계에 살고 있다. 나는 이런 사나운 마음으로는 하숙집에 돌아가고 싶지 않다. K와 오늘 밤 이 불쾌한 기분에 관해 이야기하고 싶다. 그리고 내 마음을 조금이라도 밝은 방향으로 전환하고 싶다. 그러나 그 술집에 곧바로 갈 수는 없다. 그 무서운 남자가 그곳에서 간호를 받고 있을지도 모른다.

길은 어둡고 시각도 알 수 없다. 굳게 닫아건 집들이 칠흑같이 잠들어 있다. 마음에 점점 여유가 찾아왔지만 발은 여전히 종종걸음으로 걷고 있다.

저 멀리 전차가 지나갔다. 이 동네는 어딘지 모르겠다. 어느 한 집의 처마에 모 검열관숙박소라고 적힌 종이가 붙어 있다.

불빛과 시선을 두려워하는 마음을 다스리며 전찻길로 나왔다. 그곳은 사거리였다. 걸어가는 사람들이 즐거워 보였다.

나는 아무렇지 않은 얼굴을 하고 장난감 가게 앞에 서서 진열창을 구경한다. 미에코와 요모코에게 장난감을 보내줘야 한다.

아름다운 아가씨가 어머니로 보이는 사람과 내 쪽으로 걸어온다. 내 얼굴은 새파랗게 질려 있을까? 굵은 벚나무 지팡이를 든 무서운 학생이라고 생각할까?

기분이 조금 편안해졌다. 두드려 팰 때의 얼굴을 거울에 한번 비춰볼걸 그랬다. 이제 딱딱하게 굳은 얼굴도 풀어졌겠지. 태연하게 굴지 않으면 안 된다.

교고쿠는 금방이다. ○○당 앞. 수상하게 쳐다보는 점원의 시선을 되받아치며 유화(油畵)를 봤다. 거친 붓으로 그린 그림이다. 한쪽 눈을 반쯤 감고 본다. 오른쪽 눈꺼풀에 경련이 인다. 품위 없는 그림이다. 형편없다고 생각한다.

갑자기 가슴이 철렁 내려앉았다. 태연하고 신속하게 옆으로 걸어갔다. 서두르지 않는 것처럼 서둘러 다시 어두운 길에 들어섰다. 세 명의 남자가 서서 이야기를 나누고 있었다. 가까이 다가가 살펴볼 용기도 없다. 그중 두 사람이 닮았다.

치받쳐 오르는 심장이 목구멍이라도 막아버릴 것처럼 격렬하게 뛴다. 겁쟁이, 졸보라는 소리가 들리는 듯해 발을 동동 구른다.

길을 건너면 E의 집이다. 친구 D의 애인 집이다. 남자와 여자가 지나간다.

안경점의 시계를 보니 아직 10시 전이다. 극장을 나선 것이 8시 반쯤이고, 술집에 간 것이 9시 전이었다. 싸운 지 한 시간밖에 안 지났다. 몇 시간이나 지난 것 같은데.

E는 어쩐지 알 수 없는 여성이다. D는 도쿄에서 혼자 외로워하고 있다. 내가 없는 하숙집에 그의 감성적인 편지가 또 도착해 있을 게 틀림없다. 빨리 답장을 써주어야지, 안 그러면 D가 안쓰럽다.

성깔 나쁜 남자와 싸우고 거리를 헤매다 E의 집 앞까지 왔다. 네가 매일 밤 나와 두근대며 걸었던 안경점 거리를 지금 우연히 걷고 있다고 쓰면 어떻게 생각할까? 그 사건이 있고 D는 E를 미워하고 있다. 내가 E의 집 앞을 걷는 걸 만약 E나 그녀의 가족이 안다면 D에게 괜스레 마음을 쓸지도 모른다. 하지만 지나가지 않으면 안 된다. 나는 산책하고 있다. 지팡이를 짚고 산책한다. 똑바로 걷고 있다.

순경이 걸어온다. 아까 그 순경이라면 날 수상히 여기겠지. 어쨌든 나는 산책하고 있다.

길은 어둡고 하늘에는 별이 밤하늘에 가득하다. 동쪽으로 꺾었을 때 동쪽 산 위에 전갈 꼬리가 아름답게 보였다.

길은 한결같이…… (유고(遺稿)이다 보니 완성되지 않은 문장이 있음 - 옮긴이)

나는 걷고 있다. 찬란한 별빛 아래를. 격분과 두려움과 고민에 사로잡힌 채로. 죽은 듯이 적막하고 어두운 거리를 지금 인간의 형상을 한 고민이 홧홧 달아오르며 지나가고 있지 않은가.

하지만 얼굴이 창백한 학생이 산책하는 것으로밖에 안 보일 것이다.

눈꺼풀이 파르르 떨린다.

나는 무엇이 선이고 무엇이 악인지 모른다.

몰랐어도 평소 생활할 땐 얼버무릴 수가 있었던 것 같다. 하지만 오늘 밤에는 안 된다. 나는 분노에 사로잡혀 사람을 팼다. 그 이후로 그 행위로 태연할 수만은 없음이 끊임없이 계속되어 간다. 그래도 나는 모른다. 그것이 괴롭다.

하나의 문제에 괴로워하고 있는 내 앞에 문제가 차례차례로 산더미처럼 쌓여온다. 그리고 나는 그중 하나도 해결하지 못하고 있다. 그것이 괴롭다.

예리한 해부용 칼처럼 보편적인 법칙, 그것만 있으면 눈물을 흘릴지언정 고문의 밧줄을 끊어내 흩뜨려놓을 텐데.

아, 그것만 있다면……

생각해보면 나는 그 예루살렘으로 서둘러 가는 순례자였다.

하하하. 이봐, 그 순례자가 술을 마시러 갔던 거야. 그리고 지팡이로 사람을 팼다고. 첩첩이 이어진 포도밭이나 오래된 거리를 눈물 흘리며 지나가는 대신, 순경과 서로 노려보며 바빌론을 싸돌아다니고 있지. 그것은 외도의 길이다.

멍청이, 악마. 이것은 나의 순례다. 지나쳐야만 했던 길이다. 그리고 지나온 길이다. 이 길은 성지로 통한다.

그러나 내 목소리에는 힘이 고갈됐다.

이 꺼림칙한 경험을 뒤엎어도 나를 격려하는 듯한 온화한 운명적 미소의 냄새가 날 일은 없겠지. 구더기도 먹지 않으리라.

여기에는 겁쟁이의 냄새가 배어 있다.

사람을 팬 일이 이토록 괴로운 일이었던가. 보는 앞에서 참기 힘든 매도를 해도 나는 참을 만큼 참았다.

멈추려고 할수록 싸움을 걸어온다. 상대는 조금 취한 것 같았다. 마지막으로 나는 강변 쪽으로 적을 몰았다. 모욕을 참다못해 상대가 벗어던진 건틀릿(gauntlet, 쇠 혹은 가죽으로 만든 긴 장갑. 중세시대 기사는 결투하자는 도전의 표시로 자신의 건틀릿을 벗어 상대 기사 앞에 던졌음 - 옮긴이)을 집어 들었던 것이다.

그러자 상대가 약간 위축된 듯 보였다. 나와 화해하려고 했다. 그러나 나는 속지 않겠다는 마음이었다. 상대는 술집을 나오자마자 내 목덜미를 잡고 놓지 않았다.

후려갈긴 것은 그 손을 뿌리친 찰나였다.

그것은 자못 필연적인 싸움이었다. 발단이라고 한다면 내가 그 남자의 술을 거절한 일이다. 평소에 나는 그 남자에게 악감정이 있었다.

그것은 마음을 한 치도 괴롭힐 만한 싸움이 아니다. 네 마음속에서 괴로워하고 있는 건 겁쟁이 기질뿐이다. 당당하게 결투하라.

부상을 두려워하지 마. 그 상처에서 뿜어져 나오는 피로써 너의 겁쟁이 기질도 흘러나올 테니.

정신 차려보니 그 길을 나는 오늘 밤에 세 번이나 걸었다. 파출소가 있는 길이다. 이대로라면 의심받는다.

순경님. 부채 가게가 이 근처에 있을 텐데요. 아까부터 못 찾고 있어요. 있네요, 찾았습니다.

태연하게 부채 가게 앞에 멈춰 선다. 그리고 파출소로 시선을 돌린다. 이것은 우타가와 도요구니(歌川豊国)가 그린 오미팔경(近江八景)입니다. 그렇습니다. 도요구니는 유명한 풍속 화가입니다.

영화가 끝났는지 많은 사람들이 지나간다. 술 냄새가 나는, 어둡고 조용한 거리를 지나온 나는 잘 안다. 길모퉁이에 인력거꾼이 모여 손을 비비고 있다. 또 한 사람의 인력거꾼이 웃으며 뭔가를 말하고 있다. 동료도 껄껄 웃고 있다.

그리고 이번에는 모자 쟁탈전을 하고 있다.

인력거꾼은 태평한가 보다. 주름진 얼굴로 학생 모자 같은 걸 쓰고 있고.

시계는 아직 10시 전을 가리키고 있다. 한 시간 남짓 겁에 질린 채 거리를 돌아다니고 있다. 왜 나는 더 멀리 도망가지 않았을까? 여기는 교고쿠 거리의 뒷골목이 아닌

가. 나는 술집에서 만나기로 약속한 K와 만나고 싶은 마음이 계속해서 내 발목을 잡고 있다는 걸 알았다. K는 내게, 싸움을 피해 어딘가로 가서 도쿄 이후의 이야기를 하자고 했다. 이 사나운 기분을 K가 누그러뜨려준다.

그 술집에 어쨌든 그놈들은 없다. 얻어맞고 나서도 그 술집에 있으리라 생각하지는 않는다. 게다가 술집을 나올 때 그놈들 중 한 명이 계산하는 걸 봤다.

좁은 길을 가로질러 크게 마음먹고 번화한 교고쿠로 나간다. 술집은 저쪽 뒤다.

흰 선을 두른 학생을 보면 아는 사람인가 싶다. 누군가 친구가 걷고 있으면 함께하고 싶은 마음이다.

극장 가옥 옆을 지난다. 샤미센(일본 전통 현악기) 타는 소리가 들린다. 나는 벚꽃나무 지팡이를 던져버리고 싶었다. 기분이 최적으로 가라앉았다. 여름옷이 차갑게 피부에 닿는다. 길모퉁이를 돈다. 술집은 두 번째 집이다. 울타리 너머로 엿본다.

갑자기 서늘한 것이 등 뒤로 지나갔다. 그다음부터는 어쩐지 꿈속에 있는 사람이 된 듯하다. 여자의 고함이 등 뒤로 들리는 듯하다. 달릴 수 없다. 게다가 호흡이 가빠진다.

지팡이가 떨어졌다. 다음으로 나는 포승줄을 차고 있다. 살인죄다. 울타리 너머로 엿보았을 때의 주점 내부가 선명하게 되살아난다.

나는 잘못이 없다. 나는 잘못이 없다. 목이 메어 소리가 나오지 않았다. 구역질이 나고 토할 것 같다.

검은 남자는 아무 말 없이 나를 들이받았다.

(1922년)

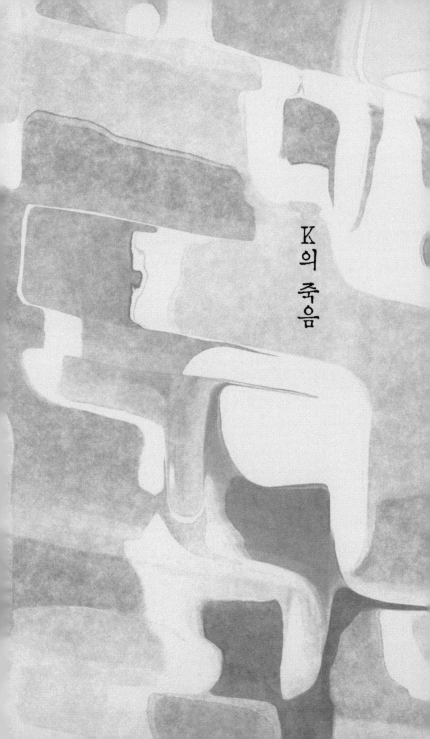

K의 죽음

편지에 의하면, 당신은 K의 익사에 대해 그것이 과실이었는지, 자살이었는지, 자살이라면 무엇이 원인이 되었는지 혹은 불치병을 앓다 죽었는지 여러모로 생각에 잠겨있는 것 같습니다. 그리고 제가 불과 한 달도 안 된 사이에 요양지였던 N해안에서 우연히 K와 알게 되었기에 일면식도 없는 제게 편지를 보내신 것 같군요. 저는 당신의편지를 받았을 때 처음 K가 그곳에서 익사했다는 사실을 알았습니다. 매우 놀랐습니다. 동시에 'K는 달나라에 갔군' 하고 생각했습니다. 어째서 제가 그런 기이한 생각을했는지, 지금부터 이야기하려고 합니다. 이 이야기가 어쩌면 K의 죽음에 대한 수수께끼를 풀어줄 열쇠일지도 모른다고 생각하기 때문입니다.

그때가 언제였느냐면, 제가 N해안에 가서 처음 맞는 만월의 밤이었습니다. 저는 병 때문에 그 무렵 밤잠을 설쳤습니다. 그날 밤도 쉽게 잠들지 못해 결국 잠자리에서 일어났고 다행히 달이 밝아 여관을 나와 어지러이 뒤섞인 소나무 그림자를 밟으며 모래사장으로 향했습니다. 정박해 있는 고깃배, 후릿그물(강이나 바다에 넓게 둘러치고 여러 사람이 두 끝을 끌어당겨 물고기를 잡는 큰 그물)을 말아 올리는 도르래 등이 백사장에 선명한 그림자를 드리울 뿐 사람의 그림자는 없었습니다. 간조(干潮)로 거친 파도가 달빛에 부서지며 쏴쏴 밀려오고 있었습니다. 저는 담배를 태우며 고깃배 옆에 걸터앉아 바다를 바라보았습니다. 밤은 이미 꽤 깊어 있었습니다.

한참 뒤 시선을 모래사장 쪽으로 돌렸을 때 그곳에는 나 말고 다른 사람이 있었습니다. K였습니다. 하지만 그때는 K라는 사람을 몰랐습니다. 그날 밤, 그때부터 비로소 우리는 서로 통성명을 했으니까요.

나는 때마침 시선에 들어온 사람을 뒤돌아보았습니다. 그러는 동안 점점 기이하다는 생각이 들었습니다. 그 사람 K는 나와 30~40보 떨어진 거리에 있었는데, 바다를 보는 것도 아니고 완전히 내 쪽을 등진 채 모래사장을 향해 갔다가 뒤로 물러났다가 멈췄다가를 반복했습니다. 잃어 버린 물건이라도 찾고 있는 걸까 싶었어요. 모래 위를 응 시하는 듯이 고개를 숙이고 있었으니까요. 그런데 그렇다 고 하기에는 허리를 굽히거나 모래를 헤쳐보지는 않더군 요. 보름달이라 밝긴 했으나 밤인데, 불을 밝혀 살펴볼 기 미도 안 보였고요.

저는 바다에 시선을 두면서도 중간중간 그 사람에게 주 의를 기울였어요. 기이하다는 생각은 점점 더해갔습니 다. 그는 내 쪽을 한 번도 돌아보지 않았고 다행히도 완 전히 나를 등진 채 행동하고 있었기에 지그시 그를 볼 수 있었습니다. 이상한 전율이 나를 뚫고 지나갔습니다. 왠 지 그 사람에게 매료되어버린 듯했습니다. 나는 바다 쪽 으로 돌아서서 휘파람을 불기 시작했습니다. 처음에는 무 의식적이었는데, 어쩌면 저 사람에게 어떤 영향을 끼칠 지 모른다고 생각하니 점점 의식하게 되었습니다. 처음에 는 슈베르트의 〈바닷가에서〉(Am Meer, 슈베르트의 3대 가 곡집 〈백조의 노래〉 12곡)를 불렀습니다. 하이네의 시에 곡을 붙인 것으로 제가 좋아하는 노래 중 하나입니다. 그

다음은 역시 하이네의 시에 곡을 붙인 〈도플갱어〉(Der Doppelgänger, 〈백조의 노래〉 13곡 〈나의 그림자〉)이지요. '이중인격(본래의 뜻과는 달리 여기서는 '또 하나의 자신'에 가까움)'이라고 할까요. 〈도플갱어〉도 제가 좋아하는 곡입니다. 휘파람을 불다 보니 마음이 점점 안정되었습니다. 역시 뭔가를 잃어버린 모양이라고 생각했습니다. 그렇게 생각하는 것 외에 그 사람의 이상한 행동을 대체 뭐라고 상상할 수 있겠습니까. 그리고 나는 생각했습니다. 저 사람은 담배를 안 피워서 성냥이 없는 거야. 나는 성냥이 있어. 어쨌든 뭔가 상당히 중요한 물건을 잃어버렸나 보군. 저는 성냥을 손에 쥐었습니다. 그리고 그 사람이 있는 쪽으로 걸어갔습니다. 그 사람에게 내 휘파람 소리는 아무런 효과도 없었습니다. 여전히 모래사장을 향해 갔다가 뒤로 물러났다가 멈췄다가를 반복했습니다. 다가가는 내 발소리도 눈치채지 못하는 듯했습니다. 나는 문득 흠칫 놀라 생각했습니다. 저 사람은 그림자를 밟고 있다. 만약 물건을 떨어뜨렸다면 그림자를 등지고 내 쪽을 향한 채로 찾아야 맞다.

밤하늘의 한가운데에서 조금 기운 달이 제가 걸어온 쪽

모래사장 위에 한 자 정도의 그림자를 만들었습니다. 저는 '분명 뭔가' 이상하다고 여기면서도 그에게 가는 걸음을 멈추지 않았습니다. 그리고 두세 걸음 떨어진 거리에서 큰 목소리로 말을 걸었습니다.

"뭔가 잃어버리셨나요?"

그리고 들고 있던 성냥을 보여주면서 이렇게 말하려고 했지요.

"잃어버린 걸 찾고 있으시다면 성냥을 빌려드릴게요."

하지만 잃어버린 물건을 찾는 게 아니란 걸 알게 된 이상 이 말은 그 사람에게 말을 걸기 위한 수단일 뿐이었습니다.

그 사람은 처음 걸었던 말에 저를 돌아보았습니다. 부지불식간에 '눈, 코, 입이 없는 귀신'을 떠올리고 있었기 때문에, 그 순간이 제게는 상당히 공포스러웠습니다.

달빛이 그 사람의 오뚝한 코를 미끄러지듯이 비추었습니다. 그 사람의 깊은 눈동자와 눈이 마주쳤습니다. 그러자 그의 얼굴은 뭔가 겸연쩍어하는 표정으로 바뀌었습니다.

"아무것도 아닙니다."

맑은 목소리였습니다. 그의 입가에 미소가 감돌았습

니다.

이런 기이한 일로 저와 K는 말을 텄습니다. 그날 밤부터 우리는 친한 사이가 되었습니다.

잠시 후 우리는 제가 걸터앉아 있던 고깃배 근처로 함께 돌아왔습니다. 나는 다시 K에게 물었습니다.

"아까는 정말 무엇을 하고 있었던 건가요?"

K는 천천히 그 행동을 설명했습니다. 하지만 처음에는 조금 주저했던 것 같습니다.

K는 자신의 그림자를 보고 있었다고 했습니다. 그리고 그 행위는 아편과 같다고도 했습니다.

당신이 듣기에도 별난 이야기이겠지만, 제게도 실로 별나게 들렸습니다.

반딧불이 아름답게 빛나는 바다를 앞에 두고 K는 불가사의한 이야기를 천천히 들려주었습니다.

그림자만큼 불가사의한 것은 없습니다. 당신도 나처럼 해보면 아마 알 것입니다. 그림자를 가만히 응시하고 있으면 그 속에서 점점 생명체의 상(相)이 나타납니다. 다른 무언가가 아니라 바로 나 자신의 모습이지요. 전등 불빛 아래에서 보이는 그림자를 응시하면 소용없습니다. 달빛이 가장 좋아요. 왜냐고 묻는다면 대답할 말이 없지만 내 경험상 그렇게 믿게 되었지요. 어쩌면 나 자신만 그렇게 느끼는 건지도 모릅니다. 저로선 그런 생각이 객관적으로 최선이라고 해도, 어떤 근거로 그렇게 생각하는지는 헤아리기 어려울 만큼 깊은 문제라고 생각합니다. 어떻게 인간의 머리로 그걸 알 수 있겠습니까. 이것이 K의 어조였습니다. K는 자신의 느낌에 의지하면서도 그 느낌의 근거는 설명할 수 없는 신비 속에 남겨두고 있었습니다.

그런데 달빛으로 생긴 자신의 그림자를 응시하고 있으면 그 속에서 생명체의 기척이 나타납니다. 달빛이 평행광선이기 때문에 모래에 찍힌 그림자가 자신의 형상과 같다는 말이 있는데 사실 그건 누구나 다 아는 이야기입니다. 또 그림자는 1척, 2척쯤 되는 짧은 그림자가 좋습니다. 그림자가 멈춰 있으면 정신은 통일되어 좋을지 모르지만, 그림자는 조금 흔들리는 편이 좋습니다. 내가 앞으로 갔다가 다시 뒤로 물러났다가 멈춰 서기도 한 것은 그 때문입니다. 잡곡 가게에서 팥의 이물질을 골라낼 때 쟁반을 살살 흔들듯이 몸을 움직여 그림자를 흔들어보세요. 그리고 그림자를 가만히 응시하면 그 속에서 점점 자신의 모습이 보일 것입니다. 그래요, 그건 '기적'의 영역을 초월하여 '시각화'의 영역으로 들어온 것입니다. 이렇게 K는 말했습니다.

"당신은 조금 전에 휘파람으로 슈베르트의 〈도플갱어〉를 불지 않았나요?"

"예, 그랬습니다."

제가 대답했습니다. 역시 듣고 있었나 보다 하고 생각했습니다.

"그림자와 도플갱어, 저는 보름달이 뜬 밤이면 이 두 가지에 끌립니다. 이 세상의 것이 아닌 듯한 어떤 것을 보았을 때의 느낌. 그 느낌에 익숙해지면 현실 세계가 전혀 내 몸에 맞지 않는다는 생각이 듭니다. 그래서 낮에는 아편 흡연자처럼 권태롭기만 하지요."

그림자 속에서 자신의 모습이 보입니다. 이상한 건 그뿐만이 아닙니다. 점점 모습이 드러나면서 그림자는 자신의 인격을 갖기 시작하고, 그와 동시에 이쪽의 자신은 점점 정신이 아득해지면서 어느 순간부터 달을 향해 스르르 올라갑니다. 그냥 마음이 그렇다는 것일 뿐이에요. 설명하기 어렵지만, 뭐랄까 영혼이라고 할까요. 영혼이 달에서 내려온 광선을 타고 말로 형용할 수 없는 기분으로 승천하는 것입니다.

K는 이 부분을 이야기할 때 제 눈을 뚫어지게 주시했는데, 무척 긴장한 모습이었습니다. 그리고 무슨 생각이라도 떠오른 듯 미소를 지으며 긴장을 풀었습니다.

"시라노가 달에 가는 방법을 열거하는 부분이 있지요. 이 방법은 그중 하나입니다. 하지만 쥘 라포르그(Jules Laforgue)의 시구 '가련하도다, 이카로스가 몇 사람이고 와서는 떨어지누나' 처럼 저도 몇 번이나 해봤는데 자꾸 떨어지는 겁니다."

그렇게 말하며 K는 웃었습니다.

그런 기이한 첫 대면의 밤을 시작으로 우리는 매일 상대를 방문하거나 함께 산책했습니다. 달이 이지러지기 시작하면서 K도 늦은 밤에 바다에 나가는 일이 없어졌습니다.

그러던 어느 날 아침, 저는 해돋이를 보러 바닷가에 나갔습니다. 그때 K도 일찍 일어났는지 바닷가로 나왔습니다. 반사되는 태양빛 속으로 때마침 노를 저어 들어온 배를 보면서 "저 역광에 비친 배가 완전히 그림자 같지 않습니까?"라고 갑자기 제게 반문했습니다. 그 배의 실체가 그림자처럼 보인다는 것은 거꾸로 말하면 그림자가 실체로 보이는 것에 대한 역설적인 증명이 된다는 게 K의 생각이겠지요.

제가 "정말 열정적이군요"라고 말하자 K는 웃었습니다.

또 K는 아침 바다의 정면에서 떠오르는 태양의 빛으로 그렸다며, K의 키만 한 실루엣 그림을 몇 장인가 가지고 있었습니다. 그는 이런 말을 했습니다.

"고등학교 기숙사에 있을 때 다른 방에 미소년 학생이 있었습니다. 그 아이가 책상에 앉아 있는 모습을 누군가가 방 벽에다 그려놓았는데, 전등불에 비친 실루엣이었지요. 먹물로 칠해놓은 그 그림이 너무도 생생해서 그 그림을 보러 그 방에 자주 갔습니다."

K는 그런 이야기까지 했습니다. K에게 물어보지는 않았지만 어쩌면 그 그림이 발단이었는지도 모르겠습니다.

당신의 편지로 K의 익사 소식을 접했을 때, 처음 만난 날 밤에 보았던 K의 기이한 뒷모습이 가장 먼저 떠올랐습니다. 그리고 이내 'K가 달에 올라갔구나' 하고 생각했습니다. K의 사체가 해변 위로 밀려왔던 날의 전날 밤은 틀림없이 만월이었을 겁니다. 저는 지금 달력에서 그 사실을 확인했습니다.

제가 K와 함께 있던 약 한 달 동안 처음 만난 날 밤 외에는 특별히 자살의 징후를 느끼지 못했습니다. 그 한 달 사이에 저는 건강 상태가 조금 좋아져 이곳으로 돌아왔지만, K의 병세는 서서히 나빠지는 듯 보였습니다. K의 눈빛이 점점 깊고 형형해졌으며 볼은 점점 야위어 높은 콧대가 눈에 띄게 뾰족해졌던 걸 기억합니다.

K는 그림자가 아편과 같다고 말했습니다. 혹시 제 직감이 맞는다면 그림자가 K를 앗아간 게 아닐까요. 하지만 저는 그 직감을 고집할 생각은 없습니다. 저에게도 그 직감은 그저 참고에 불과하니까요. 진짜 사인(死因)은 저로서도 오리무중입니다.

하지만 저는 제 직감을 토대로 그 불행한 보름날 밤에 있었던 일을 가정해보았습니다.

그날 밤의 월령은 15.2일입니다. 달이 뜬 시각은 6시 30분. 11시 47분에 달이 자오선을 통과한다고 달력에 기재되어 있습니다. 이 시각 전후에 K는 바다로 걸어 들어간 게 아닐까 싶습니다. 제가 처음 보름달이 뜬 밤에 바닷가에서 K의 뒷모습을 발견한 것도 거의 달이 자오선을 통과하는 시각이었으니까요. 그리고 조금 더 상상력을 발휘한다면, 달이 서쪽으로 조금씩 기울 무렵이라고 생각합니다. 만일 그렇다면 K가 말했던 1척 또는 2척 정도의 그림자는 북쪽에서 약간 동쪽으로 쏠린 방향으로 떨어지기 때문에 K는 그 그림자를 쫓으면서 해안선에 비껴 바다로 걸어 들어간 게 됩니다.

K는 병이 깊어지면서 신경이 예민하고 날카로워졌으니, 그날 밤에는 그림자가 정말로 '시각화'되었을 거예요. 어깨가 드러나고 목이 나타나면서 희미한 현기증 같은 감각과 동시에 '기적' 속에서 마침내 머리가 보이기 시작한 겁니다. 그리고 어느 순간이 되자 K의 영혼은 달빛의 흐름을 거스르면서 서서히 달 쪽으로 올라갑니다. K의 육체는 점점 의식의 지배를 상실하고 무의식 상태에서 한 걸음 한 걸음 바다 쪽으로 들어가게 된 것이죠. 그림자 쪽의 그는 마침내 하나의 인격을 가지게 됩니다. K의 영혼은 더욱 높이 승천(昇天)합니다. 그리고 육체는 그림자 쪽의 그에게 이끌리면서 기계인형처럼 바다로 걸어 들어간 것이 아닐까요. 그 뒤에는 썰물로 인한 높은 파도가 K를 바

닷속으로 쓰러뜨립니다. 만일 그때 육체에 감각이 되돌아왔다면 영혼은 육체와 함께 원래대로 돌아왔을 겁니다.

가련하도다, 이카로스가 몇 사람이고 와서는 떨어지누나.

K는 그것을 추락이라고 했습니다. 만일 이번에도 추락이었다면 K는 수영을 할 수 있으니까 물에 빠지는 일은 없었겠지요.

K의 육체는 쓰러지면서 바닷속으로 옮겨졌습니다. 감각은 아직 되살아나지 않았습니다. 그다음에는 파도가 모래밭으로 끌어올렸지만, 감각은 여전히 돌아오지 않습니다. 또다시 바다로 끌려갔다가 다시 모래밭으로 내동댕이쳐집니다. 게다가 영혼은 달을 향해 계속 승천합니다.

마침내 육체는 무감각으로 끝났습니다. 간조는 11시 56분으로 기재되어 있습니다. 그 시각에 육체는 성난 파도의 농락에 맡겨진 상태였고, K의 영혼은 달을 향해, 달을 향해 비상해서 사라져버렸던 것입니다.

『아오조라(靑空)』 1926년 10월호

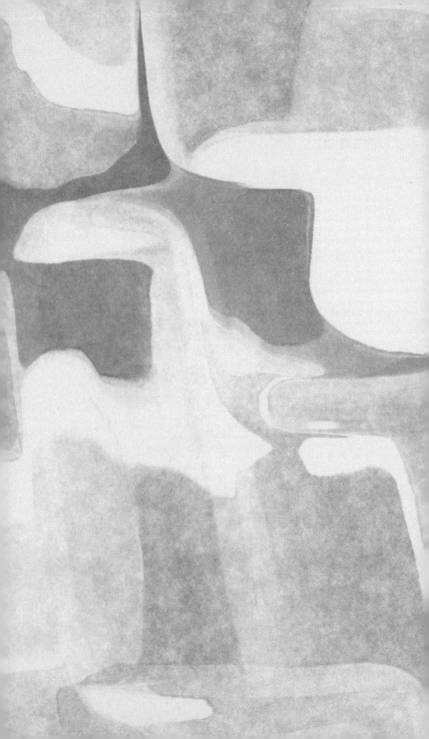

벚꽃나무 아래

벚꽃나무 아래는 시체가 묻혀 있어!

이건 믿어도 돼. 왜냐하면 벚꽃이 저렇게 멋들어지게 핀다는 게 도저히 믿을 수 없는 일이잖아. 나는 저 아름다움을 믿을 수가 없어서 요 이삼 일 불안했어. 그런데 지금 겨우 그 이유를 알았어. 벚꽃나무 아래는 시체가 묻혀 있어. 이건 믿어도 돼.

어째서 매일 밤 집에 돌아오는 길에 내 방의 많은 도구 중 하필이면 하찮고 얇은 면도칼 따위가 천리안처럼 갑자기 눈앞에 떠오르는 걸까. 너는 모를 일이라고 했고 나 역시 모를 일이지만, 그것이 무엇이든 결국 똑같아.

원래 어떤 나무의 꽃이든 한창때엔 주위에 신비스러운

분위기를 흩뿌리기 마련이야. 마치 팽팽 돌던 팽이가 완전히 정지해서 고요해지듯이, 아름다운 음악 연주가 으레 어떤 환각을 동반하듯이 작열하는 생식(生殖)이 불러일으키는 환각의 후광 같은 거야. 그것은 사람의 마음을 울리지 않고는 못 배기는 신비하고 생생한 아름다움이지.

어제, 그제 내 마음을 지독히 음울하게 만들었던 것도 바로 그거야. 나는 그 아름다움이 어쩐지 믿을 수 없었어. 오히려 불안하고 우울해져서 공허한 기분이었지. 하지만 이제야 겨우 알았어.

저 흐드러지게 만발한 벚꽃나무 아래 한두 구의 시체가 묻혀 있다고 너도 한번 상상해봐. 그러면 무엇이 그렇게 나를 불안하게 했는지 수긍할 테니까.

말의 사체, 개나 고양이의 사체 그리고 인간의 시체. 시체는 전부 부패하여 구더기가 들끓고 참을 수 없을 정도로 악취가 심해. 그런데도 수정 같은 액을 뚝뚝 떨어뜨리고 있어. 벚꽃나무 뿌리는 탐욕스러운 낙지처럼 시체를 껴안고, 말미잘의 촉수처럼 털뿌리를 모아 그 액체를 빨아들이고 있어.

무엇이 저런 꽃잎을 만들고 무엇이 저런 꽃술을 만들

까? 나는 털뿌리가 빨아올리는 수정 같은 액이 조용히 줄지어 관다발 속으로 올라가는 모습이 꿈결처럼 보이는 듯했어.

너는 왜 그렇게 괴로운 표정을 짓니? 아름다운 투시력이잖아. 나는 이제야 겨우 벚꽃을 똑바로 응시할 수 있게 되었어. 어제, 그제 나를 불안하게 했던 신비에서 자유롭게 된 거야.

이삼 일 전 나는 이곳의 골짜기에 내려가서 돌 위를 따라 걸었어. 여기저기 물보라 속에서 명주잠자리가 아프로디테처럼 태어나 골짜기의 하늘을 향해 날아오르고 있었어. 너도 알다시피 명주잠자리들은 거기서 아름다운 결혼을 하지. 한동안 걷다가 나는 이상한 광경을 보았어. 그것은 골짜기의 메마른 자갈밭에 남겨진 작은 물웅덩이였어. 그런데 그 수면 전체에 마치 석유라도 흘러 들어간 듯 광채가 떠 있었어. 너는 그게 무엇이었다고 생각해? 그건 몇만 마리인지 셀 수도 없는 명주잠자리의 사체였어. 틈이 없을 정도로 수면을 덮고 있는 명주잠자리의 겹쳐진 날개가 햇빛에 쪼글쪼글해져서 기름처럼 광채를 내뿜고 있던 거야. 그곳이 산란을 마친 그들의 묘지였던 셈이지.

나는 그 광경을 봤을 때 무언가에 가슴이 찔리는 듯했어. 묘지를 파내고 시체를 즐기는 미치광이처럼 잔인한 기쁨을 맛보았지.

이 골짜기에서 나를 즐겁게 하는 건 아무것도 없어. 휘파람새와 박새도 하얀 햇빛을 새파랗게 물들이는 나무의 새싹도 단지 그것만으로는 몽롱한 이미지에 불과하지. 나에게는 슬프고도 잔인한 사건이 필요해. 그런 균형이 있어야 비로소 내 이미지가 명확해지거든. 내 마음은 악귀처럼 우울하게 메말라 있어. 내 마음속 우울함이 완성될 때만 내 마음은 온화해지지.

너는 겨드랑이 밑을 닦고 있구나. 식은땀이라도 흐르니? 그건 나도 마찬가지야. 불쾌해할 것 없어. 끈적끈적한 것이 꼭 정액 같다고 생각해봐. 그걸로 우리의 우울은 완성되는 거야.

아아, 벚꽃나무 아래는 시체가 묻혀 있어!

도대체 어디서 떠오른 공상인지, 전혀 짐작할 수 없는 시체가, 지금은 마치 벚꽃나무와 하나가 되어 아무리 머리를 흔들어도 떨어져 나가질 않아.

이제야 나는 벚꽃나무 아래서 술잔치를 벌이는 마을 사

람들과 같은 권리로 꽃구경을 하면서 술을 마실 수 있을
것 같아.

『시와 시론(詩と詩論)』 1928년 12월호 제2권

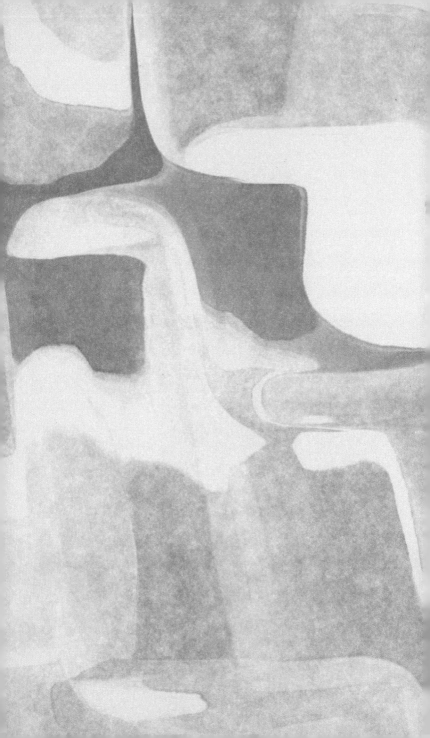

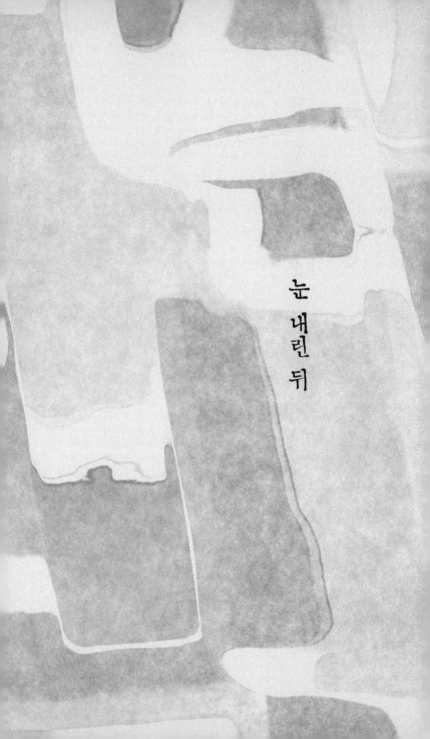

눈 내린 뒤

☞ 1 ☜

고이치가 대학에 남아야 할지 취직을 해야 할지 고민하고 있을 때, 연구를 계속하고 싶다는 소망과 안정적인 생활이라는 두 가지 바람을 어느 정도 이루어준 사람은 그가 모시던 교수였다. 그 교수는 자신이 주재하는 연구소 한구석에 그의 자리를 마련해주었다. 덕분에 고이치는 조용한 연구 생활을 시작할 수 있었다. 그와 동시에 노부코와의 결혼생활도 시작했다. 고이치의 부모와 친척들의 의사에 반하는 결혼이었다. 하지만 그는 사람들에게 버릇없고 고집이 세다는 말을 들으면서 끝끝내 밀어붙이는 방법밖에는 몰랐다.

그들은 도쿄의 교외에서 검소한 결혼생활을 시작했다. 상수리나무숲, 보리밭, 채소밭, 도로 등 지형 변화가 다양

한 그 교외는 공기가 맑고 조용했다. 노부코는 젖소가 있는 목장을 좋아했다. 고이치는 듬직한 농가를 좋아했다.

"먹이를 먹일 땐 이렇게 고삐를 잡아야 해. 고삐 반대쪽으로 피하지 않으면 위험해."

고이치는 아내에게 주의할 점을 일러주었다. 봄가루가 날리는 길에는 이따금 기수가 탄 말이 우아한 발걸음으로 지나갔다.

그들이 세 들어 사는 집의 주인은 오래전 이 고장에 정착한 농부였다. 집주인은 고이치 부부에게 친절했다. 고이치와 노부코는 때때로 햇빛 내음과 흙내음을 머금은 듯한 주인집 아이를 데리고 와 집에서 놀게 했다. 그도 바깥출입을 할 때는 못자리가 둘러싸여 있는 주인집 앞마당을 가로질러 다녔다.

딱딱, 딱딱.

"뭐지? 이 소리는?"

고이치는 식사하던 손을 멈추고 귀를 기울이는 시늉을 하면서 아내에게 눈짓을 보냈다. 노부코가 킥킥 소리 죽여 웃으며 말했다.

"참새 소리예요. 빵조각을 지붕에 뿌려두었거든요."

노부코는 처음 그 소리를 들었을 때 일하던 손을 멈추고 2층으로 올라가 유리를 끼운 장지문 쪽으로 살금살금 다가갔다. 참새 네댓 마리가 걷지 않고 두 발을 모아 날면서 모이를 쪼고 있었다. 미동도 않고 있었는데 그녀의 기척을 알아차렸는지 푸드덕 날아가 버렸다. 노부코는 이렇게 말했다.

"정말 허둥지둥 달아나는 거 있죠. 사람 얼굴도 보지 않고……."

사람 얼굴이라는 말에 고이치가 웃었다. 노부코는 곧잘 그런 이야기로 단조로운 생활을 지루하지 않게 했다. 고이치는 그런 노부코여서 넉넉하지 않아도 살림을 잘 꾸려 나가리라고 생각했다. 노부코가 임신했다.

2

　푸른 하늘이 펼쳐지고, 잎은 완전히 떨어지고, 플라타너스에 맺힌 갈색 열매가 말랐다. 겨울이다. 찬바람이 불고 사람이 살해당했다. 도둑이 들었다는 소문이 나돌았고 화재가 일어났다. 해가 짧아져 일찍 문을 닫아 잠그던 노부코는 날아드는 나뭇잎에도 겁을 먹었다.

　어느 날 아침, 함석지붕에 발자국이 찍혀 있었다.

　수도와 가스도 들지 않는 불편한 생활에 몸이 무거운 아내가 안쓰러웠던 고이치는 이참에 시내에 있는 집을 찾아보기로 했다.

　"집주인이 파출소에 갔는데 자기 관할 구역에서는 사고가 났던 적이 없다고 하더래요. 그렇게 입버릇처럼 말하면서 순찰도 안 도는 모양이에요."

주인집 부부에게 집을 봐달라고 부탁하고 노부코도 종종 시내에 나갔다.

3

　어느 날 하늘에서는 이른 봄을 알리듯 폭설이 내렸다.

　다음 날 아침 이부자리에서 눈을 뜬 고이치는 녹아내린
눈이 함석지붕을 부산스럽게 두드리는 소리를 들었다.

　창문을 열자 쨍한 햇살이 방 안 가득 들어왔다. 정말 눈
부신 세상이었다. 두껍게 눈을 뒤집어쓴 농가의 초가지붕
에서는 김이 모락모락 피어오르고 있었다. 갓 태어난 아
기 구름! 높고 푸른 하늘에 하얗고 선명한 구름이 아름답
게 흘러갔다. 그는 그 풍경을 바라보았다.

　"에고고."

　아침 인사를 하러 올라온 노부코는 "어머, 날이 좋네"라
면서 난간에 이불을 널었다. 그러자 이불은 금세 햇빛 냄
새를 풍기기 시작했다.

휘이익, 호르륵.

"아, 휘파람샌가?"

참새 두 마리가 노송나무 이파리를 흔들다가 굴러가듯 식나무 그늘에 몸을 감추었다.

휘이익, 호르륵.

휘파람 소리다. 작은 새를 키우는 근처 이발소의 어린 직원이 부는 휘파람일 것이다. 고이치는 그 휘파람 소리가 조금 마음에 들었다.

"아이, 진짜 휘파람 소리잖아. 깜빡 속았네!"

아침, 저녁으로 낭랑한 목소리로 기도를 하고 공터에 나가 구호와 함께 체조하는 온타케 교회의 노인은 커다란 눈사람을 만들었다. 눈사람 옆에는 팻말이 세워져 있었다.

'온타케 교회 ×××가 만듦.'

억새지붕의 눈은 마치 새끼 사슴의 털처럼 듬성듬성 흰 무늬만 남았다. 피어오르는 김은 날이 갈수록 옅어졌다.

달빛이 유난히 밝은 어느 날 밤, 고이치는 밖을 거닐었다. 적당히 경사진 들판에서 스키복 차림을 한 남자 두 명이 달빛을 받으면서 차례로 활주하다가 높이 날아올랐다.

낮에 아이들이 판자를 타고 줄지어 썰매놀이를 하는 모

습을 보았다고 노부코가 말했는데, 언덕을 깎아 만든 그 경사는 평지에 잇닿아 있었다. 그곳은 매끈한 암석을 깔아놓기라도 한 것처럼 어쩐지 불길하게 빛났다.

사박사박 얼어붙은 눈을 밟으면서 달빛 속에서 그는 아름다운 상념에 젖은 채 걸었다. 그날 밤 고이치는 아내에게 러시아 작가가 쓴 단편 내용을 들려주었다.

"태워줄게."

소년이 소녀에게 썰매를 타자고 했다. 두 사람은 땀을 흘리면서 썰매를 끌고 긴 비탈길을 올라갔다. 그곳에서 썰매를 타고 내려가는 것이다. 썰매는 점점 속력이 붙었다. 목도리가 펄럭펄럭 나부꼈다. 귓전에 바람이 쌩쌩 울렸다.

"난 널 사랑해."

소녀는 바람결에 문득 그런 속삭임을 들었다. 가슴이 두근거렸다. 하지만 썰매 속도가 느려지고 바람 소리가 사라지면서 자연스럽게 썰매가 멈출 때쯤에는 그 소리가 환청이었을지도 모른다는 생각이 들었다.

"어땠어?"

소녀는 소년의 밝은 표정만 보고는 아무런 판단도 내릴 수 없었다.

"한 번 더."

소녀는 확인해보고 싶어서 다시 땀을 흘리면서 비탈길을 올랐다. 목도리가 펄럭거렸다. 바람이 쌩쌩 불었다. 가슴이 두근거렸다.

"난 널 사랑해."

소녀는 한숨을 쉬었다.

"어땠어?"

"한 번 더! 한 번 더……"라고 소녀는 슬픈 목소리로 말했다. 이번에는 꼭. 이번에는 꼭.

하지만 몇 번이고 들어도 마찬가지였다. 소녀는 울음을 터뜨릴 듯한 표정으로 소년과 헤어졌다. 영원히.

둘은 서로 다른 동네에서 살게 되었고 서로 다른 사람과 결혼했다. 노인이 되어서도 소년과 소녀는 그날의 썰매를 잊을 수가 없었다.

고이치는 문학을 하는 친구에게서 이 이야기를 들었다.

"어머, 좋네요."

"내용이 좀 틀렸을지도 몰라."

큰 사건이 일어났다. 어느 날 노부코가 그 언덕에서 넘어졌다. 마음이 여린 그녀는 넘어진 사실을 남편에게 숨겼다. 산파가 진찰하러 온 날 그녀는 걱정으로 가슴이 옥죄는 듯했다. 태아에게는 이상이 없어 보였다. 그제야 노부코는 사건의 진상을 남편에게 고했다. 지금껏 노부코는 고이치가 그렇게 화를 낸 모습을 본 적이 없었다.

"당신이 내게 뭐라고 탓하든 할 말이 없어요"라며 노부코는 울었다.

하지만 안심은 성급했다. 노부코는 얼마 뒤 몸져누웠다. 그녀의 어머니가 병간호하러 왔다. 의사는 신장에 이상이 생긴 것 같다는 진찰을 하고 돌아갔다.

고이치는 불면증에 시달렸다. 노부코의 병은 고이치가 연구소에서 실험에 실패해 좌절에 빠진 시기와 겹쳤다. 아직 젊고 연구에 공을 쌓지 못한 고이치는 연구 결과가 실패로 돌아가자 평소 성격과는 달리 그 여파에 몸살을 앓았다. 잠이 오지 않는 밤이면, 노부코가 돌이킬 수 없는 상태가 될지도 모른다는 생각에 괴로웠다. 그리고 그런 생각에 굴복해버렸다. 지금의 상황이 고이치에게는 더는 돌이킬 수 없는 일처럼 느껴졌다.

파닥파닥.

날갯짓 바람이 느껴졌다.

꼬끼오.

멀리서 경쟁자가 나타났다. 이쪽은 몹시 지쳐 있는지 저쪽과 음높이가 달랐다.

"……."

이윽고 소리가 멎었다.

꼬끼오 한 번, 두 번, 세 번, 이제 울지 않았다. 결승점에 들어간 것이다. 고이치는 언제부턴가 그 소리를 경주와 결부시켜 듣는 일에 익숙해졌다.

$$4$$

"저기, 전차표 좀 주고 가세요."

구두끈을 묶고 일어서는 남편에게 모자를 건네면서 노부코가 가냘픈 목소리로 말했다.

"아직 밖에 나가면 안 돼. 얼굴이 부었어."

"그렇지만……."

"그렇지만, 뭐?"

"어머니가……."

"장모님께 시내에 가주십사 말씀드릴게."

"그러니까……."

"그러니까 표는 줄게."

"처음부터 그런 뜻으로 말한 거예요."

노부코는 수척해 보이는 얼굴에 의미 있는 미소를 띠었

다. 아직 맥이 없어 보이지만. 아가씨 때 입은 것 같은 기모노 차림이었다. 그 옷은 산달이 가까운 그녀에게는 품이 자꾸 벌어질 정도로 작았다.

"오늘은 어쩌면 오쓰키의 하숙집에 들를지도 몰라. 집을 구하는 데 시간이 걸리면 들르지 않고 그냥 올게."

회수권을 잘라 아내에게 건네면서 그는 언짢은 얼굴로 그렇게 말했다.

'여기였지' 하고 그는 생각했다. 관목과 대나무의 뿌리가 생생한 적토 위에 절단면을 드러내고 있는 비탈길 언덕이었다.

그가 그곳에 다다랐을 때 적토(赤土) 위로 여자의 허벅지가 나와 있었다. 이 나무에도 저 나무에도……

"뭐지?"

"그건 ××가 남양에서 가지고 와 마당에 심은 ○○나무의 뿌리야."

어느 틈에 왔는지 친구인 오쓰키가 옆에서 그렇게 말했다. 그는 그 말을 어쩐지 이해했다. 동시에 언덕 위는 ××의 저택이었다고 생각했다.

잠시 걷자니 이번에는 시골길이 나왔다. 저택 비슷한

것은 어디에도 없었다. 역시 잘린 적토 속에서 여자의 허벅지가 삐죽삐죽 솟아 있다.

"○○나무가 있을 리 없어. 도대체 뭐지?"

어느샌가 친구는 옆에 없었다.

고이치는 그곳에 서서 오늘 아침의 꿈이 아직도 생생히 떠오름을 느꼈다. 젊은 여자의 허벅지였다. 그 모습이 식물이라는 개념과 결부되어 기형적이고 이상한 어떤 불길한 인상을 부풀렸다. 나무뿌리에 흙이 말라붙어 길게 늘어져 있고 무너진 적토 속에서 커다란 서릿발이 번쩍이고 있었다.

××라는 사람은 생각나지 않지만 아마도 패기 넘치는 개척자로 알려진 어떤 종파의 승려일 것이라고 짐작했다. 또 ○○나무는 뿌리가 밖으로 나와 있는 판다누스를 연상시켰다. 그건 그렇다 치고 왜 그런 꿈을 꿨을까? 선정적인 느낌은 없었다고 고이치는 생각했다.

실험을 빨리 끝마치고 오후에 고이치는 집을 구하러 다녔다. 성격이 밝은 그는 요즘같이 우울한 날에도 집을 보러 다니는 일쯤은 비교적 문제없었다. 집을 구하는 일이 일단락되자 실험기구를 주문하러 혼고(本郷)로 나갔고 오쓰키의 하숙집에 들렀다. 중학교, 고등학교, 대학교를 같이 다녔지만 오쓰키는 문과였다. 하는 일도 다르고 성격도 달랐지만 그들은 예전부터 왕래하며 친하게 지냈다. 특히 작가 지망생인 오쓰키는 망망대해처럼 끝이 없는 연구에 종사하는 고이치에게 뭔가 공통된 자극이 있다고 생각했다.

"요즘 어때? 연구소 일?"

"뭐 그냥 그런 대로."

"좀 안정됐나 보네."

"전에 실패했던 그 부분에서 여전히 잘 안 풀려. 이번 학회에서 교수님이 보고할 텐데 지금 이 상태로는 너무 빈약해."

세상 돌아가는 이야기를 했다. 고이치는 오늘 아침에 꾼 꿈 이야기를 했다.

"그 판다누스인지 뭔지 ××가 남양에서 옮겨 와 심었다는 얘긴 재미있네."

"그렇게 가르쳐준 건 너였어. 정말 너다워. 엉터리 얘기를 진짜처럼 가르쳐주고 말이야."

"참나, 무슨 말이야?"

"여우 면도칼이라든지 참새 총이라든지 뭐 그런 엉터리 같은 말 잘하잖아."

"난 또 뭐라고. 판다누스는 정말로 존재하는 식물이야."

"너 얼굴 빨개졌어."

"불쾌하군. 꿈에서 본 이야기로 현실의 인간을 이러쿵 저러쿵 말하는 건 아니지. 그렇다면 내 꿈에서 네가 어땠는지 말해주지."

"정색하기는."

"꽤 오래전 이야기야. O가 나왔고 C도 나왔어. 그리고 너하고 나. 짝을 찌어서 트럼프 놀이를 하고 있었으니까 네 명이었을 거야. 어디서 트럼프 놀이를 했냐면 너의 집 마당이었어. 막 카드놀이를 시작하려고 하는데 네가 창고 같은 곳에서 매표소처럼 생긴 작은 오두막집을 끌고 나오는 거야. 그리고 그 안에 들어가서 자리를 잡고는 표를 파는 창구에서 '자, 이쪽에다 내'라고 말했어. 우스운 이야기 이지만 어쩐지 네가 그 창구에 서 있는 게 아니꼬워서 분개하고 있는데 O가 그 안에 들어가서 다른 창구를 점령해 버렸어. 어때, 이 꿈은?"

"그래서 어떻게 됐는데?"

"역시 너답다. 아니, O에게 점령당하는 게 너답다고."

오쓰키는 고이치를 배웅하러 혼고 거리로 나왔다. 석양에 물든 아름다운 구름이 하늘을 떠다니고 있었다. 태양을 잃어버린 거리에는 일찍부터 땅거미가 몰려들었다. 그속에서 사람들은 왠지 활기차 보였다. 길을 걸으며 오쓰키는 사회주의 운동과 거기에 관여하고 있는 젊은이들에 대해 이야기했다.

"이제 아름다운 저녁놀도 가을까지 볼 수 없겠네. 잘 봐둬야지. 나는 요즘 이맘때가 되면 한심해져. 하늘 참 예쁘지? 그런데 나는 가슴이 뛰질 않아."

"태평스러운 소리 하지 마. 잘 가라."

고이치는 털목도리에 턱을 묻으면서 오쓰키와 헤어졌다.

전차 창문 너머 나뭇잎 사이로 비치는 아름다운 햇살이 보였다. 석양에 물들었던 구름이 점점 잿빛으로 변해갔다. 밤, 귀가가 늦어진 마차꾼이 종이로 감싼 촛불을 꽃다발처럼 들고 다녔다. 고이치는 전차 안에서 조금 전에 오쓰키에게서 들은 사회주의 이야기를 생각했다. 그는 소극적이었다. 어떻게 해야 할지 몰랐다. 자신이 이사할 집이 오쓰키의 꿈속에 나왔던 매표소처럼 생각되었다. 사회의 밑바닥이라는 말을 들으면 적토 속에서 자라던 여자의 허벅지가 떠올랐다. 대담한 성격의 오쓰키는 아내가 있고 아이를 가지려는 고이치의 기분을 이해하지 못했다. 고이치는 그 기세에 압도되었다.

만원 전차를 타고 종점에서 내린 사람들은 모두 일터에서 귀가하는 행색이었고 노동자가 많았다. 석간신문 판매원과 잉어를 파는 상인이 희미한 불이 켜진 국철의 육교를 지나 강한 빛을 내뿜는 반사등 사이를 따라 묵묵히 언덕을 내려갔다. 누구 하나 빠짐없이 무언가를 짊어지고 있는 듯 어깨가 무거워 보였다. 고이치는 항상 그렇게 생각했다. 언덕을 내려갈수록 별이 잡목림 그늘에 몸을 숨겼다.

그 길에서 우연히 귀가 중인 장모를 발견하고 뒤따라갔다. 말을 걸기 전에 잠깐 고이치는 장모를 관찰하면서 걸었다. 가족을 길거리에서 보는 신기한 마음으로.

'왜 저렇게 풀이 죽어 있을까?'

어깨의 표정이 딱해 보였다.

"다녀오셨어요?"

"아, 잘 다녀왔나?"

장모는 뭔가에 정신이 팔린 표정이었다.

"피곤하신가 보네요. 어떠셨어요? 괜찮은 집이 있던 가요?"

"마음에 들지 않는 집들뿐이야. 자네는……."

집에 돌아가서 천천히 이야기하자고 생각하면서 고이치는 오늘 본 집이 조금 까다로운 조건을 제시했다는 말을 할까 말까 망설이고 있는데, 장모가 갑자기 화제를 돌리듯이 말했다.

"오늘 정말 신기한 걸 봤다네."

길에서 소가 새끼를 낳았다는 이야기였다. 짐수레를 끄는 소였다고 한다. 그런데 어느 집에 짐을 배달하자마자 산기가 돌아 소 주인과 그 집의 주인이 마음을 졸이는 사이에 거뜬히 새끼를 낳았다는 것이다. 어미 소는 저녁 무렵까지 오랫동안 휴식을 취했다고 한다. 장모가 그 장면을 봤을 때는 멍석을 깐 짐수레에 새끼가 타고 있었고 어미 소는 짐수레에 매여 있었다.

고이치는 오늘 본 석양에 물든 아름다운 구름을 떠올렸다.

"사람들이 주위를 둘러싸고 구경했어. 남자가 등롱을

빌려 들고 나와서 '이제 좀 비켜주세요' 하면서 사람들을 헤치고 소를 걷게 했어. 다들 지켜보고 있었다네."

장모는 밀려오는 감동을 억누르는 표정이었다.

고이치는 '그래 그래, 잘될 거야' 하고 부푼 가슴을 다잡았다.

"그럼 저 먼저 갈게요."

장을 본다는 장모를 채소가게에 남겨두고 그는 별빛이 선명한 어두운 골목길로 바쁜 걸음을 옮겼다.

『아오조라(青空)』 1926년 6월호

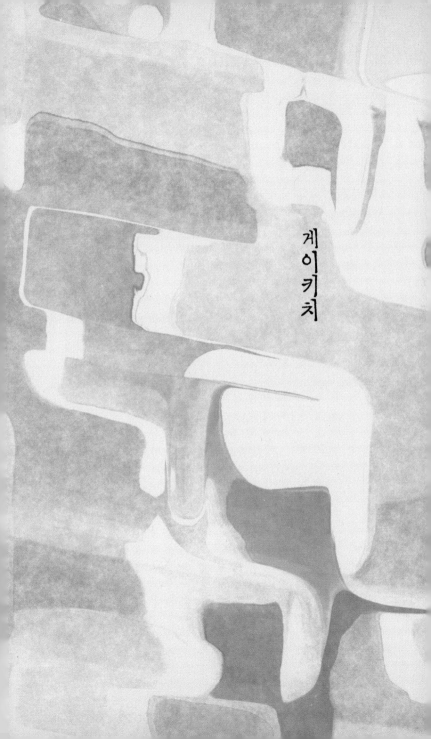

게이키치

'결국 남동생한테까지 돈을 빌리게 되었군' 하고 생각하면서 게이키치는 한번 뭔가 떠오르면 후회하더라도 끝까지 가보지 않으면 납득하지 못하는 성격이다. 평소의 맹목적인 욕망이 불끈불끈 솟아났다.

게이키치는 이미 이렇게 된 이상 틀림없이 추한 욕망이 승리하리라는 것을 알고 있었다. 그렇게 그 나름대로 슬그머니 예측하며 그 욕망을 거부하지 않는 쪽으로 결심이 기울었다.

그는 지금 견딜 수 없을 만큼 돈이 필요했다. 하지만 정당한 방법으로 돈을 마련할 길은 어디에도 없었다.

그의 부모님은 그에게 돈을 주지 않았다. 어째서 게이키치는 그런 처지에 놓이게 되었는가. 그것은 그와 같은 성격의 인간에게는 당연한 결과였다.

그는 두 번이나 연달아 낙제했기 때문에 최근까지 다니던 고등학교에서 쫓겨났다.

온갖 덕목과 양립하지 못하는 욕망이 자꾸만 그의 보잘것없는 의지를 휩쓸어버렸다. 그의 이상도, 부모님이 그렇게 소망하던 그의 의지도 너무나도 허약했다. 그는 그때마다 후회하고 맹세했다. 그렇지만 일이 거듭될수록 방탕함의 도는 점점 심해졌다. 결국 그는 갈 데까지 가고 말았다. 그리고 학교에서 퇴학당했다.

"아버지도 이번만큼은 정말로 화가 머리끝까지 나셨다. 네가 마음을 고쳐먹을 때까지 집에 데려다 놓고 용돈도 주지 말라고 하시니 너도 그런 줄 알아라. 그리고 앞으로 어떻게 살 건지 생각해봐. 더는 학교에 보내지 않기로 했으니까."

게이키치는 어머니의 말에 "예"라는 대답이 안 나왔다. 그를 자유롭게 했던 돈이 끊긴 생활이 계속되었다.

게이키치는 이제 슬슬 돈이 필요해졌다. 그는 매일 산책한다고 거짓말을 하고 숨 막힐 듯한 집안 분위기로부터 도망쳐 나왔다. 그렇지만 돈 없이 거리를 돌아다니는 것은 그의 우울함을 증폭시킬 뿐이었다.

그런 식으로 생활한 지 스무 날쯤 되는 오늘은 머릿속이 온통 돈 생각으로 가득했다. 팔거나 전당포에 가져갈 만한 물건은 무엇 하나 눈에 띄지 않았다. 있어도 50전짜리 은화 한 닢조차 손에 쥐기 힘든 물건뿐이었다. 끝내 동생의 저금에 문득 생각이 미쳤을 때 그는 애간장이 타서 견딜 수가 없었다.

너무 비열한 짓이라고 마음속으로는 부정하면서도 그런 욕망에 몸을 맡겨버리는 순간, 인간은 게이키치와 같은 감정을 품게 마련이므로. 여하튼 게이키치는 그때 이상한 감정을 경험했다. 그저 단순한 감정에 지나지 않았고 무슨 꿍꿍이가 있는 것도 아니었지만, 거기에 인간이 자신의 비열함을 감추려는 의지는 못 느끼더라도 그런 의지가 슬그머니 작용하지는 않았을까. 사실 그것은 '최소한 이런 감정이 있다면 나도 진짜 비열한 놈은 아니야'라고 자기 자신에게 변명할 수 있는 증거가 될 테니까.

어쨌든 게이키치는 그런 참을 수 없을 만큼 불쾌한 짓을 하려고 마음먹었고 그때 '나란 놈은 결국 여기까지 가는구나' 하고 생각했다. 왠지 그곳에 제2의 게이키치가 있고 본래의 게이키치에게는 아무런 설명도 없이 그 일을 밀어붙이는 거다. 그리고 진짜 게이키치는 옆에서 그 모습을 바라보고 있는 상상이 문득 떠올랐다.

그의 남동생 소노스케는 아버지의 첩이 낳은 아들이었는데, 그가 열 살쯤 되던 해에 그의 어머니가 죽어서 아버지가 그를 집에 데리고 왔다. 그가 오롯이 한 사람 몫을 해내는 어른이 되어 자신의 외할머니를 부양할 수 있도록 그를 형제들 사이에 데려다 놓았던 것이다.

하지만 모두 불완전했기에 가정은 아버지의 상상처럼 조화롭게 흘러가지 못했다. 그렇게 모두 자신의 좁은 도량과 불완전함을 실감하는 상황이 많았다. 결국 불행한 사람은 소노스케였다.

소노스케는 얼마 전 고등소학교(메이지유신부터 제2차 세계대전 발발 전에 존재했던 후기초등교육과 전기중등교육기관의 명칭)를 졸업하고 아주 짧은 기간 아버지 지인의 가게에서 견습생으로 일했다. 그러나 그는 병약했고 그곳에서 일하는 것을 그다지 내켜하지 않았다. 결국 아버지는 그를 불쌍하게 여겨 다시 집으로 데리고 와서 곤가스리(감색 바탕에 붓을 살짝 스친 듯한 무늬가 있는 옷감) 옷을 입히고 집에서 쉬라고 두었다. 게이키치의 머릿속에 불현듯 그런 소노스케의 돈을 빌리자는 생각이 떠올랐다.

소노스케는 최근 견습생으로 일했던 가게에서 돌아올 때 주인에게서 금일봉을 받았다. 그렇게 해서 그의 저금에는 그와 그의 외할머니가 수없이 바라 마지않던 대로 소노스케가 직접 번 돈이 합쳐졌다.

게이키치도 그런 저금을 빌려달라고 하는 건 아무래도 싫었다. 게다가 그동안 제 맘 내키는 대로 윽박지르던 동생에게 돈을 빌려달라고 하는 것이 얼마나 경멸당해 마땅한 일인지 게이키치도 알고 있었다. 그래서 게이키치는 괴로웠다. 하지만 이때 게이키치는 수단이야 어떻든 상관없을 정도로 돈이 필요했다. 그 욕망은 점점 게이키치의 양심을 질식시켜 버릴 듯이 거대하게 부풀어 올랐다. 그의 마음이 몹시 무거워졌다. 어쩐지 정체를 알 수 없는 곳에 갇혀버린 기분이었다. 하지만 마침내 욕망이 승리했다. 그 순간 게이키치는 제2의 게이키치 녀석이 벌이는 추악한 행위를 방관한다는 듯이, 자신의 목소리를 한쪽에서 방청한다는 듯이 공상하면서 소노스케를 불렀다.

"야, 소노스케. 잠깐만 이리 와봐."

그렇게 말하면서 게이키치는 자신의 목소리가 아주 퉁명스럽고 묵직하다고 느꼈다.

잡지를 읽고 있던 소노스케는 형의 시선을 받으며 몸을 일으키면서도 그 페이지에서 눈을 떼지 않았다. 그래도 형의 초조한 시선과 마주쳤을 때 비위를 맞추듯 억지웃음을 지으면서 다가왔다.

여느 때처럼 뭔가 용건이 있어서 불렀다면 소노스케가 무안해져서 웃음을 거둘 정도로 더욱 언짢은 표정을 지으며 "신문 좀 가져와"라고 퉁명스럽게 말했을 것이다. 그런데 이번에는 소노스케와 눈이 마주치자마자 하마터면 시선을 돌릴 뻔했다. 게이키치는 어쩐지 답답한 곳에 갇혀버린 느낌이었다. 하지만 억지로 태연한 척하면서 자신의 약점을 보이지 않으려고 애썼다.

"네 저금에서 돈 좀 빌려줘. 급하게 쓸 데가 생겼는데 어머니가 지금 심부름 가서 안 계시니까."

그가 겨우 그 말을 끝내자 조금 전까지 이상하게 마음을 뒤틀리게 했던 '이런 사건이 지금 일어나고 있구나'라는 상상 속의 감정이 완전히 자취를 감추었다.

소노스케는 무대 위의 인물이 객석을 향해 혼잣말할 때

처럼 옆으로 한 번 눈길을 돌리고는 "응, 그래"라고 답하며 고개를 끄덕였다. 게이키치는 불행하게도 그때 소노스케의 얼굴에 떠오른 미소의 이면에 숨겨진 감정을 놓치지 않았다. 소노스케의 미소에 게이키치를 달래는 듯한 온화함이 슬쩍 드러났던 것이다.

누군가에게 한 부탁이 거절당했을 때의 거북살스러운 분위기를 염려하면서 조심조심 말을 꺼낼 때 언제나 자신의 얼굴에 드러났던 참을 수 없는 불쾌한 표정이, 게이키치의 노력에도 불구하고 지금 또 드러난 건 아닐까. 그래서 소노스케가 그런 자신의 표정을 보고 게이키치가 느끼고 있는 고통을 인간적으로 이해하고는 그렇게 온화한 표정을 지었던 것은 아닐까 하는 의문이 들었다. 그런데도 그는 소노스케의 그런 표정이 건방지게 느껴져 부아가 치밀어 올랐다.

"네 통장하고 도장은 네가 갖고 있지? 당장 가서 5엔 꺼내와. 그리고 이 사실이 알려지면 별로 좋을 게 없으니까 내가 돈을 갚을 때까지 아무한테도 말하지 마. 알았지? 그 대신 그 돈 갚을 때는 이자 쳐서 6엔으로 갚을 테니까."

게이키치는 끝까지 추한 꼴을 드러내고 말았다. 하지만

그는 어떻게 해서든지 입막음을 해야만 했다.

소노스케는 고개를 끄덕이면서 듣고 있다가 마지막에 어렵사리 말을 꺼냈다.

"이자까지 쳐서 받을 생각은 없지만……, 확실히 갚기만 한다면……."

게이키치는 맞는 소리만 골라 하는 동생의 말에 완전히 말문이 막히고 말았다. 별생각 없이 천박하게 이자 이야기를 꺼냈던 자신이 참을 수 없이 부끄러웠다. 돈을 갚는다고 말하긴 했지만 사실 아버지가 돈을 주지 않으면 어차피 갚을 수도 없다. 그뿐 아니라 돈이 수중에 들어온다 해도 빌린 돈을 갚으려고만 하면 너무나도 아까운 생각이 들어 어김없이 눈을 감고 자신을 마비시켜야 하는 성격을 돌이켜보았을 때 소노스케의 말은 정말이지 지나칠 정도로 맞는 말이었기 때문이다.

소노스케가 나가고 나서 그는 견디기 힘든 상황을 겨우 넘겼다는 생각이 들었지만, 점점 고조되는 혐오감에 사로잡혀 더는 견딜 수 없었다. 그래서 그는 엉뚱하게도 자신의 혓바닥을 날름 내밀어보았다. 그리고 이어서 "됐어,

됐어"라고 작은 소리로 말하면서 춤을 추는 시늉을 했다. 그래도 그는 만족스럽지 않았다. 마지막으로 게이키치는 "으윽……" 하면서 얼굴을 한껏 찌푸렸다. 계속해서 더 심하게. 얼굴 근육이 수축하는 감각에 쾌감을 느끼기라도 하는 것처럼.

(1923년)

밤하늘에 꼬리를 물고 저문 천재

"벚꽃나무 아래는 시체가 묻혀 있어!"

31세의 젊은 나이에 세상을 떠난 일본의 천재 작가 가지이 모토지로의 단편 「벚꽃나무 아래」의 강렬한 첫 문장이다. 가지이 모토지로는 사물을 독특한 시각으로 바라보아 '고유의 미'를 발견해 냈다. 사물이 지닌 고유의 미를 작품화하기 위해 사물과 정면으로 마주 보았다. 그리고 작품을 통해 새로운 미의식을 만들어냈다. 그 때문에 그의 작품이 처음 세상에 등장했을 때 저명한 문학계 인사들은 일본 문학의 새로운 가능성을 보았다.

가지이 모토지로가 실제로 작가로 활동한 햇수는 7년 정도였는데, 활동 당시에는 그다지 주목받지 못하다가 죽기 몇 년 전부터 주목받기 시작했으나 그의 진가를 인정받고 독특한 지위를 얻은 것은 사후의 일이었다. 가지이 모토지로가 생존했던 시대의 문학 조류는 신현실주의 신감각파, 신흥예술파, 프롤레타리아 등이었다.

그는 사물을 정면으로 마주 보고 사물이 지닌 '고유의 미'를 작품에 옮기고자 했다. 단순한 사실주의 작품으로 끝날 위험이 있지만 그래도 '보는' 행위를 철저히 했다. 보는 행위가 경지에 이르면 압도적인 감각으로 대상의 본질을 파악할 수 있다고 보았다. 현실에 상상력을 더하고 다양한 조작을 가해 독특한 문학 세계를 완성했다. 그의 독특한 문학 세계는 당시의 문학 조류를 뛰어넘어 지금까지 이어져 '불후의 고전'이 되었다.

가지이 모토지로의 작품은 주로 병상에서 구상되었다. 그래서인지 그의 소설 속 주인공은 불안하고 우울하고 피곤하다. 그렇다고 우울함에 젖어 바닥에 처박혀 있지도, 막연한 희망에 젖어 꿈을 이야기하지도 않는다. 권태감에서 도망쳐 정신적 고양감을 좇는다. 히라타 지사부로(平田次三郎)는 가지이 모토지로의 작품은 '병든 삶의 표현'이지만 거기에 나타나는 것은 '맑고 깨끗한 삶의 숨결'이라며 아래와 같이 평했다.

가지이 모토지로의 문학이 전체적으로 우리에게 주는 인상은 무엇에도 구김살 없이 스스로 삶을 바라보지만 그것이야말로 정밀하고 투명한 삶의 현실이며, 종국에는 작품의 기조가 되는 권태나 퇴폐는 씻겨 나간다고 말할 수 있다. 이 역설적 효과야말로 그의 문학 세계의 숨은 의미라고 할 수 있다.

- 히라타 지사부로

　가지이 모토지로의 작품은 고단한 사람, 아픈 사람, 지친 사람들이 작은 행복으로 위안을 얻는 이야기다. 불치병에 걸려도, 삶이 따분해도, 사는 게 우울하기 그지없어도, 섬세해서 하루하루가 고달파도 지금 여기서 살다 보면 작은 행복은 있다는 메시지를 주는 것 같아서 전체적으로 우울한 분위기이지만 책장을 덮고 나서는 마음이 따스해진다.

　소설가 아베 아키라(阿部昭)는 가지이 모토지로의 단편 작품을 두고 "무릇 유례가 없다"라며 모방하려고 해도 범인(凡人)은 할 수 없는 독특한 것이라고 했다. 또 "이과계 청년의 자질'이 엿보이며 '그것은 가장 순수한 의미에서 언어의 건강일지도 모른다"라고 했다.

요도노 류조(淀野隆三)도 가지이 모토지로의 작품 스타일을 "퇴폐를 맑고 깨끗하게 그려내고, 쇠약을 건강하게 그려내고, 초조함을 태연자약하게 그려내어 참으로 활달하고 중후하다"라고 평했다.

스즈키 사다미(鈴木貞美)는 가지이 모토지로의 발걸음은 죽음으로 인해 끊어졌지만 "스스로의 작품을 빌려 꾸밈없이 어디까지나 자기 안에서 일어나는 표현 욕구에 충실함으로써 비로소 현대의 불행한 영혼의 실상에 청량한 표현을 줄 수 있던 작가"라고 평했다. 그리고 그의 작품들에서 볼 수 있는 경향을 다음과 같이 해설했다.

그는 거대한 사회의 영위에서 보면 전혀 보잘것없는, 한 사람의 인생에 있어서도 거의 의미가 없는, 미묘한 기분의 변화나 의식의 현상을 언어로 정착하는 데에 고심했다. 글로 옮겨지지 않으면 아무것도 남지 않는다. 그러므로 글로 써야만 비로소 객관적인 형태를 부여받을 수 있는 것이다.

– 스즈키 사다미

한편「레몬」의 무대인 마루젠 교토는 1907년 산조에 문을 열었고 1940년 가와라마치로 자리를 옮겨 영업했는데 2005년 폐점했다. 폐점 소식이 알려졌을 때 교토 시민들이 서점의 예술서적 코너에 레몬을 놓아두는 이벤트를 자발적으로 벌여 화제였다.

가지이 모토지로의 작품은 섬세하고 감각적인 묘사 때문에 '소설 형식을 띤 시(詩)'라는 평을 받는다. 특히「레몬」은 불안, 절망, 지식인의 권태를 시적으로 표현했다는 말에 고개를 끄덕이게 될 것이다.

그의 작품은 단숨에 읽어 내리면 잠시 잠깐 작가의 의식에 편승하기라도 한 것처럼 마음이 복잡해지는데 우울하게 가라앉기보다 적당한 고양감에 잠길 수 있다. 생각이 많아 머릿속이 복잡하고 삶에 지쳐 조금쯤 쉬어 가고 싶은 현대인이라면 그의 작품을 한번 읽어보기를 권한다.

| 작가 연보 |

1901년 2월 17일 오사카에서 아버지 소타로와 어머니 히사의 차남으로 태어남. 할머니 슈에, 할아버지 히데요시, 다섯 살 위 누나 후지, 두 살 위 형 겐이치와 함께 살았음. 같은 해 9월 이복동생 준조가 태어나고 1906년 1월 남동생 요시오가 태어남.

1907년 4월 니시구 소재 에도보리심상소학교(江戶堀尋常小学校)에 입학함.

1908년 1월 급성 신장염으로 죽을 고비를 넘김.

1909년 12월 아버지의 전근으로 할아버지를 남기고 온 가족이 도쿄로 이사함.

1910년 1월 형 겐이치와 함께 사립 쇼에이심상소학교(私立頌栄尋常小学校)로 전학함. 이복동생 가족도 상경하며 집안이 궁핍해짐. 어머니와 누나도 일을 나가며 가계를 지탱함. 할머니 스에의 폐결핵이 진행됨. 같은 해 9월 막냇동생 료키치가 태어남.

1911년 5월 아버지의 전근으로 미에현으로 가족 모두 이사함. 누나와 함께 도바심상고등소학교(鳥羽尋常高等小学校)로 전학함. 아버지가 건실한 회사에 자리를 잡아 집안 형편이 좋아짐. 유년 시절 중 가장 행복한 시기를 보냄. 그러나 할머니가 입에 물던 사탕을 받아먹는 일이 종종 있어서 다섯 남매가 결핵 초기 감염됨. 이복동생 준조의 모친이 신장병으로 사망하여 준조와 양조모가 집으로 들어옴.

1913년 3월 우수한 성적으로 소학교를 졸업하고 형이 다니고 있는 미에현립제4중학교(三重県立第四中学校)에 입학함. 형의 동급생 스기모토 이쿠노스케의 집에 형과 함께 하숙함. 서양음악에 조예가 깊은 음악 선생에게 악보 읽는 법을 배우는데 이를 계기로 음악을 좋아하게 됨. 같은 해 2월에 할아버지 히데요시가 오사카에서 사망하고, 몇 달 후 6월에 할머니 스에가 폐결핵으로 사망함. 10월, 교내 공모전에서 단편소설「가을의 새벽(秋の曙)」이 3위에 입선하여 교내지에 실림. 같은 달 중순, 아버지의 전근으로 온 가족이 다시 오사카로 이사함.

1914년 4월 형과 함께 명문 오사카부립기타노중학교(大阪府立北野中学校)로 전학함. 가지이 모토지로는 수영과 음악을 좋아하는 얌전한 학생이었음.

1915년 8월 남동생 요시오가 결핵성 척추염으로 사망함. 일본이 제1차세계대전에 참전하여 아버지의 일이 바빠짐.

1916년 3월 우수한 성적으로 기타노중학교에 다니던 중 이복동생 준조가 주식거래소에 고용살이로 가게 되자 자신도 퇴학계를 내고 메리야스 도매상에 견습생으로 들어감. 이복동생을 불쌍히 여긴 아버지가 준조를 집으로 들이고 할아버지가 남긴 돈으로 당구장을 개업해 번창함.

1917년 2월 모토지로도 견습생을 그만두고 집으로 돌아오고 어머니의 설득으로 4월에 기타노중학교에 복학함. 평생 친구가 되는 동급생 우가 야스시, 하타케다 도시오, 나카데 우시조 등을 사귐. 야구부 미소년 기리하라 신지에게 이끌려 동성애적 감정을 품음. 이즈음부터 형 겐이치가 결핵성 임파선염으로 수술을 거듭함.

1918년 결핵성 질병으로 자리에 누워 1학기는 33일이나 결석함. 형에게서 받은 모리 오가이의 작품집 『미나와슈(水沫集)』를 읽고 문학 작품을 읽는 데 재미를 느낌. 건강을 되찾은 모토지로는 9월에 평상시처럼 통학함. 종종 효고현에 하숙하며 서생으로 일하는 형의 거처에 놀러 가 형 친구들과 교류함. 형이 빌려 읽은 나쓰메 소세키 전집을 그도 읽음.

1919년 기타노중학교를 졸업함. 형이 졸업한 오사카고등공업학교 전기과를 지원하지만 불합격하고 9월에 교토 소재 제3고등학교(第三高等学校) 이과에 합격해 입학함. 나쓰메 소세키에 빠져 친구들에게 보낸 편지에 '카지노 소세키'라고 서명하기도 함. 중학교 시절 친구들과 하숙집을 전전하며 교류했고 축음기로 클래식 레코드를 틀고 바이올린을 연주하며 오페라를 부르는 등 함께 즐김. 10월 기숙사 생활을 시작하며 같은 방에 기거한 나카타니 다카오, 이지마 다다시와 문학 담론을 나눔. 그러나 11월경부터 우울감에 학교를 빠지고 은각사를 산책하거나 미술전에 다님.

1920년 1월 감기에 걸려 본가로 돌아와 39도 고열로 앓아누움. 2월 기숙사에 돌아와 달라지기로 결심함. 철학에 관심이 있어 기숙사 친구들과 밤새 토론을 벌이기도 함. 종종 은각사에 가서 철학의 길을 거닐기도 함. 다니자키 준이치로(谷崎純一郎)의 작품을 읽음. 친구들에게 보내는 편지에 '가지이 준지로'로 서명하기도 함. 나쓰메 소세키에 더욱 심취하여 소세키 전집을 거의 암기하다시피 함. 술과 담배를 배움. 같은 해 5월 늑막염을 진단받고 본가로 내려감. 4개월간 휴학하며 병상에서 소설을 탐독함. 8월 누나 부부가 사는 미에현에서 요양함. 9월 폐첨에 결핵성 염증이 있다는 진단을 받고 본가로 돌아감. 10월 부모님의 반대에도 학교에 복학함. 일기를 쓰기 시작함.

1921년 봄방학을 맞아 기슈 유자키 온천을 방문하고 그곳에서 만난 곤도 나오토와 평생 친구가 됨. 4월 곤도 나오토의 본가를 들렀다 오사카의 본가로 간 그는 집에서 경영하는 당구장의 여종업원을 아버지가 건드려 낳은 이복동생의 존재를 알게 되고 큰 충격을 받음. 자기혐오, 저속함의 반발, 우울함과 번뇌에 새로운 고뇌가 더해진 것. 본가에서 기차로 통학하던 그는 기차에서 본 여학생에게 반해 고백하지만 거절당함. 실연 경험을 바탕으로 소설을 썼지만 잃어버려 남아 있지 않음. 6월 학교 근처에서 하숙을 시작함. 나카타니 다카오와 자주 어울림. 10월 기독교사회운동에 열심인 오오야 소이치를 보며 '천직(天職)'을 찾지 못한 스스로에게 조바심을 느낌. 친구 나카타니 다카오와 쓰모리 미쓰오와 달 구경을 하자며 비와 호수에 보트를 띄움. 하류에 휩쓸려 수영해 빠져나왔고 차가워진 몸을 거리의 술집에서 녹임. 차츰 향락적인 생활을 하며 방황하다가 '지금 천직을 찾지 못해도 토대는 마련할 수 있다'고 생각함.

1922년 회화, 음악, 무대예술에의 관심이 한층 높아져 미술전이나 공연 관람을 즐김. 산조후야초 니시이루에 있는 마루젠 서점에 서서 서양근대회화 화집을 읽는 게 즐거움이었음. 극연구회에서 활동하며 극본을 쓰거나 무대에 서기도 함. 6월부터 9월까지 그의 작품 초고를 일기에 씀. 술에 취해 행패를 부리는 일이 잦았고 친구

나카타니는 이 무렵의 모토지로가 약간 광기를 보였다고 회상함. 12월 본가로 돌아가 근신하며 톨스토이 작품을 탐독함.

1923년 단편 「비겁한 자(卑怯者)」를 집필함. 2월 『방황(彷徨)』의 초고를 쓴 것으로 추정됨. 머지않아 죽음에 이르는 병을 숙명으로 자각하고 이를 역으로 이용해 아름답고 순수한 것을 움켜쥐기로 함. 4월 졸업시험에 낙제해 두 번째 졸업 학년을 보내게 된 그는 '결핵을 앓는 이과생이자 문학청년'으로 학교에서 유명인이 됨. 5월 극연구회 잡지에 「게이키치(奎吉)」를 발표함. 7월 교우회지에 「모순 같은 진실(矛盾の樣な真実)」을 발표함. 9월 공들여 준비한 공연을 당일에 교장에 의해 정지당함. 크게 분노하며 만취의 나날을 보냄. 술에 취해 난동을 부리다가 순경에게 잡히기도 함. 불량배와 시비가 붙어 싸우다 맥주병으로 왼쪽 뺨을 맞아 실신함. 뺨에 난 상흔은 평생 남음.

1924년 2월 졸업시험 후 중병에 걸렸다고 속이고 교수댁을 찾아 다니며 졸업을 간청함. 결국 5년 만에 졸업함. 그 길로 밤 기차를 타고 상경하여 도쿄제국대학 문학부 영문과에 입학 수속함. 당시 동인지 『신사조(新思潮)』 창간에 자극받아 문학청년 사이에서 동인지 창간에 대한 관심이 높았는데, 모토지로 또한 마음 맞는 친구와 동인지를 창간할 계획을 세움. 7월, 모토지로에게 큰 충격을 줬던 이복동생이 만 3세의 나이로 결핵에 걸려 사망함. 가난으로 죽게 했다며 만취해 슬픔에 젖은 아버지를 보며 머릿속이 복잡해진 모토지로는 계획했던 5막짜리 희곡의 집필을 포기하고 단편소설을 쓰기로 함. 이 무렵 객혈을 함. 8월 누나 부부가 사는 미에현에서 요양하며 「성이 있는 마을에서(城のある町にて)」의 초고를 씀. 10월, 동인지 『아오조라(青空)』 창간에 착수함.

1925년 1월 동인지 『아오조라』 창간함. 소설 「레몬(檸檬)」을 창간호에 게재함. 2호에는 「성이 있는 마을에서」를 게재함. 3호에는 작품을 게재하지 않음. 10월, 『아오조라』 8호에 「길 위에서(路上)」를 게재함. 8호부터 초판 부수를 300부에서 500부로 늘림. 11월, 『아오조라』 9호에 「칠엽수꽃(橡の花)」을 게재함.

1926년 1월 「과고(過古)」를 게재한 『아오조라』 11호를 발행함. 6월, 친구 야노 시게루를 모델로 쓴 「눈 내린 뒤(雪後)」를 발표함. 8월, 「어느 마음의 풍경(ある心の風景)」을 게재한 『아오조라』 18호를 발행함. 무더운 날씨에 미열이 있으면서도 책을 배본하고 거리를 돌며 광고하느라 병세가 나빠짐. 대형 출판사로부터 '10월 신입 특집호'의 집필을 의뢰받지만 건강이 안 좋아 집필을 완료하지 못함. 9월에 출판사로 직접 사과하러 감. 그러나 그로부터 3일 후 「K의 죽음(Kの昇天)」을 완성하고 『아오조라』 20호에 발표함. 이 무렵 결핵이 진행되는 데 초조해진 모토지로는 매일 밤 잠자리에 들기 전 '너는 천재야'라고 세 차례 반복하며 자기암시를 걸었다고 함. 병이 깊어져 이즈의 유가시마 온천에서 요양함.

1927년 가와바타 야스나리가 소개한 '유카와야' 여관으로 옮김. 가와바타가 묵는 숙소를 오가며 바둑을 배우고 가와바타가 쓰는 「이즈의 무희(伊豆の踊子)」의 교정을 도움. 6월, 『아오조라』가 28호를 마지막으로 폐간함. 같은 달 가와바타 야스나리의 소개로 하기와라 사쿠타로, 히로쓰 가즈로, 오자키 시로, 우노 치요 등과 알게 됨. 모토지로는 우노 치요에게 끌림.

1928년 1월 우노 치요를 둘러싸고 오자키 시로와 주먹다짐을 함. 3월, 동인지 『문예도시(文芸都市)』 2호에 「창공(蒼穹)」을 발표함. 도쿄

제국대학 문학부 영문과를 중퇴함. 4월 잡지『근대풍경(近代風景)』에「홈통 이야기(筧の話)」를 발표함. 5월 동 잡지에「기악적 환상(器楽的幻覚)」을 발표함. 같은 달, 잡지『창작월간(創作月刊)』에「겨울 파리(冬の蠅)」를 발표함. 7월, 실험적인 심리소설「어느 벼랑 위에서 느낀 감정(ある崖上の感情)」을『문예도시』에 발표함. 후나바시 세이이치에게 극찬을 받음. 그러나 하숙집의 식대를 지불하지 못할 정도로 어려워 나카타니 다카오의 셋방에 몸을 의탁함. 9월 매일같이 혈담을 뱉고 호흡이 곤란해 걷지도 못할 정도로 병세가 악화하여 친구들의 강한 설득으로 오사카 본가로 돌아감. 1년 정도 요양하고 돌아올 생각으로 짐만 꾸려 내려갔으나 이것이 그가 본 마지막 도쿄가 됨. 12월 계간지『시와 시론(詩と詩論)』에「벚꽃나무 아래(桜の樹の下には)」을 발표함.

1929년 1월 아버지 소타로가 심장마비로 사망함. 11월 몸이 안 좋은 상태인데도 제대를 앞둔 나카타니 다카오를 면회하러 감. 하룻밤 묵고 돌아오는 기차역 계단에서 기차 매연을 흡입해 호흡곤란으로 며칠을 앓음. 12월 고베로 이사한 우노 치요를 만나러 찾아감. 치요가 처음으로 신문에 소설을 연재하기로 했다는 소식에 소설의 제목을 지어줌.「태평스러운 환자(のんきな患者)」의 집필을 시작함.

1930년 1월 폐렴으로 몸져누움. 2월, 어머니가 폐렴으로 입원하자 매일 병원을 다니며 간병하다 본인도 앓아누움. 3월, 어머니가 다시 신장염으로 입원하자 누나와 함께 간호함. 그 과정에서「어둠의 그림(闇の絵巻)」,「태평스러운 환자」를 구상함. 5월,「애무(愛撫)」초고를 완성함. 6월,『시·현실(詩·現実)』창간호에「애무」를 발표함. 8월,「어둠의 그림」을 완성함. 9월,『시·현실』2호에「어둠의 그림」을 발

표함. 형 가족이 이사한 이타미 시의 집에서 함께 기거함. 어머니와 여동생도 집에 들어왔고 어머니가 모토지로를 간호함. 11월, 『시·현실』 3호에 작품을 싣지 못함. 12월, 어머니가 다른 동생을 돌보러 떠나고 홀로 겨울을 보냄. 음식은 섭취했지만 몸이 마른 상태였음. 중학교 동창이나 교류했던 지인은 모두 사회활동을 하며 가정을 꾸렸고 결핵을 앓는 모토지로만 혼자 남겨짐.

1931년 1월 잡지 『작품(作品)』에 「교미(交尾)」를 발표하고 호평을 받음. 5월, 옛 동료의 도움으로 첫 작품집 『레몬』을 간행함. 종합 문예지에 데뷔하고 평단의 호평을 받음. 10월, 오사카 본가 근처에 집을 얻어 독립함. 2분 거리에 있는 어머니가 그를 간병함.

1932년 1월 『중앙공론(中央公論)』 신년호에 「태평스러운 환자」를 발표함. 아사히신문, 요미우리신문 등에서 서평을 다루며 큰 호평을 받음. 절대안정이 필요한 몸 상태에서도 「태평스러운 환자」의 속편을 생각함. 병상에 누워서도 작품을 구상하고 역사서를 읽으며 창작을 멈추지 않았으나 3월부터 병세가 악화됨. 3월 24일 새벽 2시에 31세의 나이로 영면함.